家出のすすめ

寺山修司

角川文庫
13646

目次

第一章　家出のすすめ

Beat, Beat, Beat!

他人の母親を盗みなさい。

これがわたしの最初の提言です。巷間にはむかしから「一盗二婢三妾四妻」という俗説があって、これは普通は情事のためにのみ用いられてきました。つまり、情事をしていていちばん愉しいのは「盗」の愛。すなわち他人の女を盗んでする情事だ、というわけです。姦通などがこれにあてはまるわけですが、他人の女がいちばんよく見えるということには所有しないで享楽するという恋の本質的な一面がうかがわれるようにもおもえるのです。同じように、二番目に愉しいのは「婢」、すなわち自分の女中、自分の使用人との情事です。

この場合には、身分による断層と、愛によってその断層を埋めようという人間的な努力とがいっそう情事を劇的に感じさせてくれるのでしょう。

そして三番目の「妾」というのは、二号さんのこと。ソープ嬢や遊女との関係などがこのカテゴリーにはまるわけです。

遊女は客に惚れたといい
客は遊女が好きだという

という篠田実の浪曲で知られる「紺屋高尾」の恋なども、さしずめこの項に加わるわけですし、普通、中年の男性にいちばん多い情事のケースはほとんど「妾」のカテゴリーにはまるということができます。そしていちばん最後にでてくるのがもっとも一般的な「妻」との情事です。

正常な相手が位づけの上ではいちばん下におかれているというのは興味あるところです。わたしははじめに、これを「情事の愉しさ」のバロメーターであるかのように書きましたが、ほんとうはこれは恋愛のたのしみのバロメーターでもあるのです。

そこで、セックスの相手として考えられるこの「一盗二婢三妾四妻」というランクを母親の場合におきかえてみてください。「一盗母二生母三育母四並母」並の母親と息子の関係が、やはりいちばんランクが下になるのではないでしょうか。

若い詩人の石川逸子さんは「彼ら笑う」という詩で、

「この子の手足は長すぎる」
子を食う母

朝に晩にばりばりと子の手足を食う母
血みどろの口と
慈愛の瞳
「いつもお前のためを思っている」

子は逃げる
短くなった手と足で子は逃げる
母の沼　どぶどろの臭い放つ　沼から逃れようと　もがく

と一般的な母の夢の怖ろしさについて書いています。おそらく平凡な家庭の母子関係、それも一人息子と母親の関係においては、まったく母は子を食べようとするでしょう。しかし、それがもし生んで捨てたり、また育ててくれたよその母だったり、よその母を盗んだりした場合なら事情はまったくちがってくると考えられるのです。（もっとも、「盗」といっても、他人の母親を風呂敷包みにくるんでもち逃げする、というわけにいかないのはもちろんですが）、それにしても、「自分の母」ではない、とおもわれる女の人を、「自分の母」だとおもいこむことによって盗賊の快感を味わうという甘やかな気持ち！　エディプスのように、

「なんなりとまき起これ！

自分の素姓を、おれは、それがいかに賤しくとも、見とどけたいのだ。あの女は、女のくせに気位の高い奴、おそらくおれの下賤の出を恥じているのだ」

などと弁解をしたりせずに、もっとおおらかに「おっかさん！」と、よその人を呼んでみることの愉しさ！


そのところが実は問題なのです。よその奥さんを「妻よ」と呼ぶと、そこの旦那さんに丸太ン棒で殴られるくらいが落ちですが、よその母さんを「母よ」と呼べば、たいていは感謝されます。そこで『瞼の母』などという浪曲講談の極め付けの演目では番場の忠太郎というやくざ者が、旅から旅をまわってあるいて、旅籠屋《はたごや》のおかみさんをつかまえては、「おっ母さん、逢いたかった」というのです。

ここには母と子の家族制度におけるgive and takeの関係などはなくてただ気分があるだけです。そして、この気分というものこそ母子関係におけるもっとも重要なクサビであるといってもいいでしょう。

「おっかさん」と呼ばれた旅籠屋のおかみさんは「おまえ、人ちがいだろ」といい、客はそこでハラハラと涙をながす。

げに、母とは盗まれても盗まれてもなくならないものなのではないでしょうか。

母恋春歌調

思いあきらめ去りゆく影を
呼ぶかこだまのあの声は
乳房おさえてあとふり向いて
流す涙も母なればこそ

大映映画『母三人』は、三倍泣かせる映画でした。水洗以前の便所のにおいが鼻をつく場末の港館で、わたしはこの映画を三回観たのを覚えています。人生は、映画以前のノゾキカラクリで、どこでもここでもお涙頂戴《ちようだい》。おかげで少年時代のわたしは映画館の暗闇《くらやみ》に逃げ場をさがして、そこに繰りひろげられる三文悲劇の因果のむくいはすべてスクリーンのなかで完結してもらうことにしていたものでした。それというのも連絡船で、二夜の旅に出た母がそのまま帰らず、わたしが「捨児」になったのだと気がついたときには、母はもう炭鉱町で酌婦をしていたということがあったからです。

わたしは母が出ていってから、一度も掃除をしなかった。畳の上に落ちている一本の抜け毛が、母の髪の毛だとわかると、それを指にぐるぐると巻いて長さをはかったりして二か月位は平気でしたが秋風が吹く頃、銭湯へ行って湯につかっているとなみだが出てきました。

遠くから、銭湯まで祭囃子《まつりばやし》の音がきこえてきたときのことです。

それからわたしは母の悪口をいうようになりました。ノゾキカラクリの人生めがね、「おい、いい歌おしえてやろうか」といって、近所の子たちを集めてきては、みんなに合唱させたのが「浮世はなれた坊主でも木魚の割れ目で思い出す　道心堅固な母でさえ　バナナのぬき身でサネこする」という唄でした。さあ、大きい声で歌ってみな。道心堅固な母でさえ　バナナのぬき身でサネこする。

思えば切ない復讐《ふくしゅう》でした。

一人だけ暮らすことが不可能になり、福祉事務所から人が来て、わたしを親類のもとにあずけさせることになったのはその年の冬です。わたしが家を去る日、ふと思いついて畳をめくってみると、そこには母のヘソクリも成田さんの守護札もなくて、たった一冊の春本があるのを発見しました。わたしはそれを、福祉事務所の人にかくして鞄《かばん》の中にしまいこみ、夜汽車の中でひとり読みました。それは、怖ろしい「わが読書」のはじまりでしたが、しかし、十三歳のわたしにはいささか難解にすぎたともいえます。わたしは汽車の中で、その春本のなかの、意味不明のところにすべて、ハッという名をはめて読んでみました。ハッというのは、わたしの母の戸籍上の本名でした。

「いきなり腰に手をかけて引寄せ、しなやかな内腿に手を入れて、新芽のような柔かい彼女のハッに指をいれた。するとハッは、あれ！　と身もだえしたが、そのままハッをくねらせると、だんだんハッになると見えて、ハッは腿のへんまで伝い流れて、ハッの瞳の色も灼けつくように情熱を帯びてくるのだった。そこで、時分はよしとハッのよくのびた片足をあげて、半ば後からハッをのぞませ、二、三度ハッをハッしてから、ぐっと一息にハッすると、さしものハッもハッのハッで充分だったので、苦もなくハッまですべりこんだ、その刹那……さすがのハッもハッに馴れたハッも思わず『ハッ！』と熱い息をはいて、すぐにハッをハッしてハッハッとハッするハッにグイグイとハッハッ
　ハッ　ハッ　ハッ　ハッハッ　ハッハッハッハッハッハッハッハッハッハッハッハッハ
ッハッハッハッハッハッハッハッハッハッハッハッハッハッハッハッハッハッハッハ
ッハッハッハッハッハッハッハッハッハッハッハッハッハッハッハッハッハッハッハ
ッハッハッハッハッハッハッハッハッハッハッハッハッハッハッハッハッハッハッハ
ッ魂の母殺し　泣き笑う声かハッハッハッハッハッハッハッハッハッハッハッハッハッハ
ッハッハッハッハッハッハッハッハッ」

「雨に嵐にまた降る雪に　つばさも傷むか　迷い鳥　知らぬ他国の山越え野越え　ながす涙も母なればこそ」

お母さんの死体の始末

アーサー・コーピットというアメリカの若い劇作家が長い長い題のドラマを書きました。「ああ、お父さん、かわいそうなお父さん、お母さんがお父さんを衣装だんすに吊りさげたのでぼくはとても悲しい」という題です。

そして、このドラマを読むと、アメリカでも日本でも、親子の問題がきわめて重要であることがよくわかります。

このドラマは一人息子と母親が世界漫遊の旅にでて、キューバのあるホテルの一室に泊っているところからはじまりますが、母親は「世のなかがあまりにも猥雑でみにくいから」そんな世のなかをかわいい息子に見せるにはしのびないとして、ホテルの一室に息子をとじこめてじぶんの採ってきた蝶を室の中に放して捕らせたりしています。

室内牢の中の十八歳になる一人息子は、少し頭が弱いのですが、こんな嘘っぱちの幸福から目をさまさせようとして一人のセクシーな女の子が登場し、息子のために窓をあけて

「外の町を見せようとしたり」、何とかして、ありのままの現実を知らせようとしたりします。

しかし「母さん子」の一人息子は、母親を裏切ることのこわさを感じて、娘に恋ごころを抱きながらも、けっして何も見ようとはしません。

ついに娘は決心して、嵐《あらし》の夜、自分の肉体をその息子に投げあたえ、「女を知る」ことによって、現実を知ってもらおうとしますが、息子はおじけついて、その瞬間に「お母さん」と呼びながら、その女の子をしめ殺してしまうのです。

バロック音楽に飾られたこの作品は一つの比喩であり、作品自体には何らの社会性もない、むしろ擬古典的な笑劇ですが、しかし、ここからひきだすことのできるいくつかの問題はきわめて重要なものです。

一人息子と母親の問題というのは、もっとも今日的な例であって、兄弟がいっぱいいても精神的な離乳のおそい人たち、というのもまた運動家の学生の中にも一杯います。

母一人子一人という場合、とくに子どもの方に精神的弱さをもったものが多い、とフロイトは書いていますが、こんな場合、かれらは「親を捨てない」でいるからいけないのです。

母一人子一人の場合にかぎらず、若者は一人立ちできる自信がついたら、まず、「親を捨て」ましょう。親を捨てる、といっても、背中に背負ってエッチラオッチラと姥捨山《うばすてやま》をのぼっていくということではありません。

誰でも、わかれた奥さんには月々お金をはらうものです。それと同じように、自分を育ててくれた親にはたっぷりお金はあげた方がよろしい。（たっぷり、というのは自分の収入に応じて、自分と同等の生活ができる程度、ということです）

そして、そのかわり、精神的にはきっぱりと縁を切ることです。

そして一度縁を切ってしまって、親にかわって、恋人か奥さんと、新しい「愛情」を育ててゆき、それからふたたび親に、こんどは「親にたいしての友情」という新しい関係をもてばいいのです。

コーピットのドラマの母親の、「世界は汚辱にみちているから、おまえには見せられない」という考え方は、現代の親にも共通したエゴイズムです。母親の愛情というものは酬いがないいだけにかなしいものですが、とくに母一人子一人の場合のように、母親が子に恋人のイメージと息子のイメージを重複させてしまったりしていると尚更厄介で、コーピットもこの母親を食人魚ピラニアにたとえています。

つよい青年になるためにはこうした母親から精神の離乳なしでは、他のどのような連帯も得られることはないでしょう。

どうしても母親の愛をのがれられない人はキリシタンの踏絵のようなつもりで一度、自分の母親に「姥捨山につれていくぞ」といってごらんなさい。

母親よりも、あなた自身がそれをいったときから変わることができるはずです。そして、それは精神の離乳の契機になるにちがいない。どろどろした愛情の血の泥沼のなかで、とび立つべき自分のつばさをぬらしてしまっている一人息子になるよりは、「親不孝」をすすめたい……というのがわたしの考えです。

「おまえを育て、かわいがってきたのはこのわたしであっておまえの恋人ではない」という母親だったら、なおさら捨てなくてはいけません。

そして家庭的な人間から、一度は社会的な人間にかわってゆき、そのあとでまた、自分がどのような人間としてアンガジェすべきかを考えることです。

さあ、あなたの家のなかへ、こころの姥捨山をつくることをはじめてください。

だれのための娼婦

「思い起こせば三歳《みとせ》前、村が飢饉《ききん》のそのときに、娘売ろうか、ヤサ売ろか、親族会議がひらかれて、親族会議のその結果、娘売れとのごしょぞんに、売られたこの身は三千両、口に紅つけお白粉つけて、泣く泣くお籠《かご》に乗せられて、着いたところは吉原の、その名も高き揚屋町」

これは有名な「吉原エレジー」の冒頭の語りの部分です。語りの部分というのは、シャンソンでいうレシタチーフで、ほんとうの唄《うた》の部分はそのあとにつづくわけです。

ところも知らぬ名も知らぬ
いやなお客もいとわずに
夜ごと夜ごとのあだまくら
これもぜひない親のため
静かに更けゆく吉原の
今宵も小窓によりそって
月を眺めて眼に涙
あける年期を待つばかり

ところで、「吉原エレジー」などといっても赤線禁止のいまでは、ピンとこない人も多いかも知れません。しかも、この唄のなかの「これもぜひない親のため」という部分が、売春婦のかなしさを本質的にとらえているか……といえばけっしてそうでもないようです。

どうして自分のせいだとは考えないのだろう！　いや、もしかすると、これは売春婦、娼婦たちが自分たちで作った唄ではなくて、はたの人たちが勝手に唄っている唄かも知れないぞ、とおもわれても無理のないところです。

ジュールス・ダッシンの『日曜はだめよ』という映画にはデブっちょのギリシアの売春婦たちがいっぱいでてきますが、どの一人もけっして眼に涙などうかべていない点に特色があったようにおもわれます。だいたいにおいてヨーロッパの娼婦たちはユーモラスにえがかれており、少々血のめぐりのわるい女はいても「月を眺めて眼に涙、あける年期を待つばかり」と詠嘆などはしません。

おなじ映画でメルナ・メルクーリが演じた娼婦にいたっては、自分がたった一人の男にではなく、より多くの男たちに自分の肉体を与えたいがために娼婦になったのだ……ということになっています。

彼女にはプリミティヴなものへのあこがれが強くあって、日曜には「自分の男」たちをアパートに集めてギリシア劇の話などをするのが大好きなのです。

そこで「日本の娼婦は、暗い星の下に泣いているのに、ギリシアの娼婦はなぜ明るいのか」ということを考えてみましょうか。

第一に、吉原の女には、

夜ごと夜ごとのあだまくら
これもぜひない親のため

という発想があるのに、『日曜はだめよ』の娼婦たちには「これもぜひない親のため」ではなくて、「自分のため」、自分が男にあたえる喜びのために娼婦になったのだという理由がはっきりしているのです。

つまり、吉原エレジーの女たちは、「親のために生きることが不幸だとわかっていながら、親の犠牲にならねばならない理由があったからあわれなのだ」というふうに考えているのです。

しかし、彼女らは本当にあわれであるか、どうか！

アリストテレス流にいえば、「悲劇というのは、それがどうしても避けることができずに起こった事態だから」悲劇なのですが、吉原の女たちが、いやな娼婦になるのは、避けられない事態だったのかどうか。

そのところが重大な問題です。

なぜなら、彼女たちは、実は売られる前に家出することもできたはずですし、親に栽培されたじゃがいもではないのですから、市場にだされるのを拒むこともできたはずです。拒む、といっても今様の「話しあい」が通用するなどとはけっしておもいませんが……、もし本当に娼婦になるのがいやなのなら、どんな戦略を用いても、親のそのような支配下からのがれねばならなかった、とおもわれるのです。

だいたい「親のため」だけではなくて「……のために」という考え方は自分をごまかす

理由になる場合だけが多いようです。

エゴイズムを正当化するために、「わが子のために」などと方便を使ってPTA名士になりたがる社交おかあさんと同様、不幸な役を自分の人生で演じたいために「親のため」などというのは卑劣な弁解といわねばなりません。

ほんとうは「親のため」などということはどこにもなくて、それぞれが自分の投企を自分のためにしているだけにすぎないのです。

そして、自分のために生きる歓びのなかに親との愛のコミュニケーションを見出せないならば……あなたはまったくのつまらない型の「孝行息子」でしかないでしょう。

田園に死す

ふるさとは遠きにありて想ふもの
そしてかなしく歌ふもの
かへるところにあるまじや

という室生犀星の詩を、消極的な感傷であると貶《けな》すのは、農本主義のなかで、青年学級を作ったりサークル運動に熱中したりしている人たちです。なるほど彼らのように「ふるさと」は、遠きにあって想ったり、かなしく歌ったりするところではないかも知れません。しかし、だからといって「ふるさと」のなかに安住し、母なるふるさとの恩恵に甘えていていいということはないのです。

わたしは少年時代から家出にあこがれていました。そして、いまでも空にひぐらしの声が啼《な》きかわすのを聞くたびに、「遠きみやこ」をあこがれて血を湧かしていた「自分の時代」に帰ってゆくおもいがします。

地方の若者たちはすべて家出すべきです。

そして、自分自身を独創的に「作りあげてゆく」ことに賭《か》けてみなければいけない。帰ろうとおもえばいつだって帰ることはできるのですから……。

ここに一通の手紙があります。家出して青森県から上京してきた一人の少女からのものです。

「前略（原文のまま）

単身上京してから早くも一か月過ぎました。いろいろとお世話様になりまして、今はお蔭様にて元気良く働いております。

丁度ひと月めに父よりの便りを手にしました。それによると家を継ぐはずだった次兄夫婦が家を出る、ということを決心して、稲刈り作業も終らぬうちに嫁さんの実家へ行っているとのことです。それで、老いたる父母二人で秋仕舞に追われている様子です。以前は手伝わない兄たちを心で怒りながら、父母の手伝いをおとなしくしていた私でした。

その結果、世間の人たちからは孝行娘といわれていたものでした。しかし、犠牲という美名の陰で私はいつか本当の自分が失われているのが哀しく思うようになりました。父をにくんでいいのか、家をにくんでいいのかわかりませんでした。そして、ある人を好きになり、結局……父たちの反対を押し切って愛しあった私でしたが、この目で見、知らされたものは人のこころの裏でした。私が決心して家出してきたことを父母や兄は、都に憧がれて出てきたと思いこんでおります。

そして私を案じております。本当は私が手助けに帰れば、いちばん支えになると思っているのに『二度と帰ってはならぬ』と手紙にかいてありました。世間への気の配りの故か、心では私のことを心配していながらも、口では反対のことをいわねばならないそんな父母の姿を思い、ひとり屋上で泣きました。

家の事、秋仕舞の事を頭から切り離せない自分とは知りつつも、考えまいとする自分、何も思うまいと床につけば、必らず母が病気になったゆめをみます。首をつって死んだゆめを見たときにはとても気持ちがわるかったです。カラスのなき声も私ひとりにだけ聞こえるような気がしました。

給料は少なくとも、そのなかから二、三千円は送金する覚悟です。いらぬといっても送るとも書いてやりました。真面目に働いて得た金なら、たとえ少しでも胸をはって送れることが何より嬉しいのです。『縁を切る』といいながら父の手紙の最後には『林檎《りんご》を送る』と書いてありました。私はいま、父の手紙をよみかえしながら、強く生きようといいきかせております……」

この少女は、はじめわたし宛に一通の手紙をくれ、そして、それから間もなく青森県のふるさとを捨ててでてきたのです。

わたしは、この手紙に心うたれるとともに、家出主義……新しい自我のめざめが、閉鎖的なふるさとと社会を超えるのに何よりも大切なのだということを確認しました。現代のような道徳の過渡期にあって、「何をすべきか」「何をすべきではないか」How to live の法則はどこにあるのか！

ということの基準を作ることを主体の確立と呼ぶならば、それは百の論理よりも、一つの行動に賭けてみるということではないでしょうか！

そして、詩とは本来、そんな行動のあとのこころのこりを潤すものであるとするならば、この詩もまた、感傷的だとばかりはいい得ないのではないかと、わたしはおもうのです。

ふるさとは遠きにありて想ふもの
そしてかなしく歌ふもの
かへるところにあるまじや

サザエさんの性生活

サザエさんはパジャマを着て寝ます。ネグリジェを着て寝ることはありません。夫のマスオはいささか欲求不満で、電車の中で、ばあさんを若い女と勘違いしたり、うしろ姿のシャンな女の子のあとをつけて行って、ふりかえると実は長髪ヒッピー男だったりするのです。

夫のマスオは、ムコ養子なのでその生計の何割かをサザエさんの両親に依存しているための遠慮から、進んでサザエさんの体を求めることができないのか、それとも住宅事情(一家六人家族で、和式住宅なので各間共フスマで仕切られているだけでカギもかからなければ、防音の工夫もない)のせいで我慢しているのか、そのへんはあきらかにされていません。ただ、確かなことはこの夫婦が休日を利用して連れこみホテルへ「御休憩」に行くような余裕が経済的にも、精神的にもない、ということです。「サザエさん」の漫画は一種の大河漫画ですが、その夫婦生活のカリカチュアの中でも、性に関するものはほとんど無く、二人がふとんを並べて寝ている描写などは、全五十六巻までの中でも稀有のものです。その上、「サザエさん」の中にはきわめて理解しがたい倫理観があって、電車の中で妻以外の女に関心を持ったりすると必らず失態をやらかして「ああ、オレはバカだケイソツだ」と後悔するようになっているのです。「サザエさん」の中を貫いている「家」の態様は、実はきわめて権力支配的なものであって、この一家の失敗をくりかえしながらも「愛すべき庶民」であるといったトリックでえがかれている手法に、読者はしばしば目をくらまされることになります。しかし、漫画「サザエさん」では主人公はサザエさんでも、マスオでもなくて、「磯野家」そのものなのです。マードックは「家族は短命であるのに〈家〉は永続を願望され、この両者は根本的には相容れないものである」と書いていますが、その両者の歪みがもっとも具体的なかたちで反映されているのが、他所からこの「家」へ入りこんできたムコ（つまり、もっとも純粋な意味で「家」と血のつながりをもたぬ家族）のマスオです。マスオが、サザエと結婚しながらついにその性生活を十年間ものあいだ、暗示だにされないというところに、この漫画の呪術的おそろしさが感じられます。今日では、性行為を法制化するための結婚という形式そのものが問い直され、「われわれが結婚したいということは、抱きあってセックスしたいということだ、というのは誰でも知っている」（W・ライヒ『おしつけがましい結婚とながつづきする性関係』）にもかかわらず、ここではマスオの性欲は「家」の力によって去勢されかけているからです。もちろん、「サザエさん」には、描かれざる裏の真実があるのかも知れない。たとえば、マスオはかなり度の深い包茎であるとか、この数年来、インポテンツになやんでいるとか、あるいは公表されないシジミとかムキミといった名の二号がいるとか。――しかし、少なくとも、マスオの顔にはそうした複雑なドラマが翳《かげ》を落としていません。マスオの関心はいちおうは出世することか、成功するとかいったことのように予想されるようになっているのが、この漫画の仕組みです。

サザエさんは、夫に「もっと稼げ」とムチ打つ悪妻であり、漫画の中の二人は家に所属している夫と妻という忠実な役割以上のものは描かれません。マスオはサザエさんをおそれながら、ムコであるためにあたり散らすこともできない。私は残念ながら、マスオの幼少時代について何も知らないので、彼の潜在意識がどのようなものであるのか、彼と母親との関係、彼の自慰体験の歴史、そしてまた彼の初体験がどんな風になっているのかなどは、想像はできてもたしかなものではないのです。

ライヒは「性にたいする人間構造は、おしつけがましい結婚の結果、退化してしまった」と書いていますが、サザエさんとマスオの関係の場合は「退化してしまった」のか、それとも最初から性に対してさほどはげしいものではなかったのか、私にはわかりません。ただ、ここに一つ興味深いエピソードがあります。

それは、マスオがサザエさんに性にたいする人間の本能を説明しようとして失敗するというもので、犬を連れたミニスカートの女のところへ接近してゆく一人の男をサンプルにしています。犬に近づくと見せて実は、女をねらっているのだとマスオはサザエさんに男の本意を解説します。サザエさんはそうした男がいるということはなかなか理解できません。なぜなら、彼女は女学校時代にスタンダールの『恋愛論』を読まなかったし、人間関係にそうしたテクニックが必要だなどとは思ったこともなかったからです。ところで男は女の連れている犬に近づいてしばらく犬の頭を撫でているが、やがて犬を抱きあげてチュッ！　とキスして、女には目もくれずに立ち去って行きます。サザエさんは、「ほんとの犬ずきよ」と言い、マスオは自分の予測が裏切られてガックリ来る、というわけなのです。こうして、マスオの切ない期待はまた一つ裏切られることになるのですが、なぜマスオはじぶんの性的願望を果たすために家を出たり、キャバレーやソープランドに通ったり、自由恋愛をしたりしないのか、（そして、じぶんが夫に性的満足を与えていないくせに、サザエさんはなぜ嫉妬深いのか）という問いかけに答えるのは、一夫一妻制という信仰に裏打ちされた「家」の構造のせいのように思われるのです。磯野家の財産がどれほどのものであるかはべつとしても、マスオの場合はいわゆるナカモチ（中継相続）の養子であり、カツオ（サザエさんの弟）が成長するまでの仮りの家長であるから、マスオに性的主導権をにぎられてしまっては困るという磯野家の家政の事情もあるのでしょう。徳島地方では、こうした姉養子は、いずれ分家するものとして「家」の中に座を与えないのが慣習でした。

ひどい場合には「家督セシメ右嫡男成長ノ上養子隠居シテ家督ヲ嫡男ニ譲ル事ナリ」という事になっていますから、マスオは嫡男カツオが成長したら、隠居するさだめになっていることになるのです。ところが「コノ養子ハ決シテ嫡妻ヲ与ヘズ、妾ヲ蓄ルヲ例トス。蓋シ子ヲ挙ルモ其家ヲ継グベキ権力ヲ与ヘサルノ意ヲ表スル事ナリ」。(日本評論社『全国民事慣例類集』昭和十九年)というわけで、サザエ、マスオの間の一粒種のタラちゃんと、嫡男カツオのあいだにお家騒動が起きたとしても、封建家族制にあっては「よくある話」にすぎないことになってしまうのです。

「家」の中での性的主導権は、時には経済的ヘゲモニーを上まわるものです。少なくとも、近代以後の「家」を支えている大きな要因の一つには「ながつづきする性関係」があげられるということを見落せないからです。W・ライヒはこうした場合の例として、「たがいに快感をえることのできた官能的な体験の結果としての性的な愛着。それは今までの性的な快楽によって性的な満足が非常にあり、将来にまっている快楽のための性的なむすびつきが、あるという場合」と、「満足されない官能的欲求による執着、つまり、パートナーを過大評価することによって特徴づけられ、官能性が禁止されているために、ある種の性的な満足を無意識に期待する場合」の二つを挙げています。マスオとサザエの「ながつづき」の理由は、後者なのですが、後者はしばしば憎悪に逆転する可能性があるのだ、とライヒは書いています。

サザエさんはエロチシズムとは全く無縁の女であるくせに、稀にとんでもない誤解をすることがあります。それは、通行人の男がバナナの皮にすべってころんだのを見て、じぶんが靴下止めをなおしているのを見てころんだのだと錯覚し、「アラァ、わるいことしちゃった」と自惚れたりするようなことです。この場合、サザエさんは自分の魅力を度外視して、「男は女がスカートをめくると必ず卒倒するものだ」という固定観念にとらわれているようです。私は、こうしたサザエさんのエロチシズムへの無関心と「家」への忠誠が、一夫一妻の死ぬまでのものだとするあきらめから出発していることが、この漫画の最大の特色であると考えます。サザエさんは月にほんの、一、二回、正常位で性行為をいとなんでタラちゃんを生み、その後は聖書でいましめるように「出産を目的としないようなセックスの快楽」からきっぱりと足を洗い、もっぱら食欲の方に生甲斐を向けるようにしたのです。しかし、こうしたことから、結婚そのものが「社会の生産手段の私有化としての経済基盤だけを問題にする」ようになっていき、形骸化したサザエさんとマスオの夫婦生活を作りあげるにいたったのである。（もし、サザエさんがエロチシズムに目ざめて、本気で性的魅力をつちかうようにするためには、中部ヨーロッパにおける三十年戦争のような大事件が必要になるのです）。「さきの三十年戦争のあいだに、つるぎと、やまいと飢えによって減少した男子の人口を回復させることが、神聖ローマ帝国のためにはどうしても必要だ。……男はみんなふたりの女と結婚することがゆるされるだろう」（フックス『風俗の歴史』)

ところで、手淫常習癖のマスオを性的に解放し、磯野家に象徴される「家」を崩壊させ家族が一夫一婦という権威主義家庭の抑圧から自由になってセックス・レボルーションを体現してゆくためには、二つの処方箋が考えられます。その一つは、「家」内部での性解放です。ここに、その例としてオランダから出ている地下新聞「SUCK」にのった「JOE　BLOW」という漫画を引用してみましょう。これは、「サザエさん」や「ブロンディ」と同じように家庭を舞台にしたもので平凡な夫と妻と、その二人の子供を主人公にしたシリーズものの一つです。パパのジョーが娘の勉強部屋にたずねると、ルイスは手淫の最中です。それを見て父親はイキリ立って自分の男根を娘に示し、「さあ、キャンデーだよ」と言ってしゃぶらせます。近親相姦ということばについてまわる、暗鬱なイメージなどまるでない、あかるく解放的な父娘のセックスは、従来の「家庭」内でタブー化されてきた性問題へのアレゴリーとして、痛快といった印象さえ与えるのです。

ところで、そこへ帰ってきた息子がドアをあけると姉と父とがはげしく「NGH!」「MMM!　OH　GOD!」などと声をあげてセックスしているので、びっくりしてしまい台所に駈けこんで、母親のルイスにそのことを訴えます。しかし、母親のルイスはあわてずさわがずその息子の前で着てるものを脱ぎ捨てて性教育してやるというのです。この家庭内での性に対する両親の姿勢が、「サザエさん」の磯野家と対極をなしていることはいうまでもありません。磯野家では、テレビのキスシーンでさえ大人と子供はいっしょには観ないのだがブラウン家では、父親が自分の男根を娘に観せてやります。そして、「家庭」内での性の私有制を打破するところから、おしつけがましい結婚制度の不条理の打破へと向ってゆくのです。私は、マスオの性的不満がただちに離婚問題へと展開してゆかぬことに、この漫画を支配している「家」の権威主義の肯定を読みとりました。この漫画が三百万の新聞読者に毎朝物語ってゆく「サザエさん」の人生記録は、実は複製作品に共通の教化的目的をもっているのです。それは、この四コマの生活を現実のなかから引用可能なものとして再現されており、作者の意図の中での検閲をへているからです。サザエさんは、代理生活の中で「平凡の幸福」を語っているように見せながら、毎朝、読者たちに「何事も変ってはいないし、変る必要がないのだ」という教訓を押しつけ、ときどき性欲を家の外へ向けようとするマスオを笑いものにするのです。当然のことですが「サザエさん」には諷刺や批評などはない。サザエさんの不感症はサザエさんが「家」そのものではあっても、すでに「家庭」でさえないことを物語っているのです。

　昔ながらに女たちは腰をかがめて大麦を炒り
　昔ながらに女たちは荷物を頭にのせて運び

昔ながらに女たちはテスモフォリアの祭を祝い
昔ながらに女たちは蜂蜜《はちみつ》入りの菓子を焼き
昔ながらに女たちは亭主をいじめ
昔ながらに女たちはこっそりと浮気し

というのはアリストファネスの『女の議会』の中でのプラクサゴラスの台詞ですが、サザエさんには、最後の一行だけがありません。サザエさんは性解放どころか、性に対する論議さえも拒んでしまおうとするのです。したがってサザエさんは快楽など追求しないし、マスオの愛をも求めない。サザエさんは、想像力の埒外のものだけによって、生甲斐を充たそうとする。人間関係よりも一着の訪問着をほしがる女のグロテスクさは、何者かによって描きあらためられる必要があるようです。たとえば、しのびこんだ痴漢によって強姦されて、性の快感に目ざめたサザエさんが、しだいに磯野家の構造に不満を持ちはじめ、留守番と家事と買物だけだった人生に、充足した他の何かを求めて家出する。そして、次々と男を変えてゆくうちに、真の女の自由というのが何であるのかを体得する。イプセンのノラは、家出以後の性的人間関係をえがかなかったために、革命的表現にはなり得ませんでしたし、サザエさんにはまだそのための時日があるということが救い？　だと、私は思っておりました。

男たちが戦争を止めないので、女たちは「平和」になるまで男をベッドに入れないというセックスストライキに突入するアリストファネスの「レジストラータ」は、きわめて今日的です。そしてニューヨークのウーマンパワーにまで、その諷刺精神はひき継がれている訳ですが、サザエさんのようにマスオとベッド内での快楽を共有していない妻には、「平和がやってくるまでベッドに入れない」と宣言してみたところで、何の社会性もないのだということになります。

せめて、ベッド入りを拒むことが全世界の平和と釣合うほどの重厚な性生活をもってほしい、というのがサザエさんへの期待です(同時に、磯野家の社会的義務でもあります)が、サザエさんにはそれはムリというものでしょう。しからずんば、娼婦にでもなるほかにはサザエさんが現代に生きる資格など、ないと私は言いたい。

子守唄は嘘つき

子守唄はたいていの場合、嘘《うそ》つきです。

そして子守唄の歌詞くらい、親のエゴイズムを表現しているものはない、といってもいいでしょう。子どもは、この哀調を帯びた節まわしの催眠術にかかって「眠らされて」、しまいます。

しかし子どもは、本当は目をおおきく見ひらいて世界を見張っていなければいけなかったのです。わたしは、「子守唄」という言葉を聞くたびに、「狼《おおかみ》と三匹の子豚」という童話をおもいださないわけにはいきません。「かわいいかわいい子豚ちゃん。おいしいものがどっさりあるから安心してこのドアをちょっとだけあけて頂戴……」と狼は優しく語りかけてきました。

そして、ドアをちょっとだけあけた子豚を、狼は骨ごとまるまる食べてしまったのです。よく、親は自分の子どものことを「食べてしまいたいほど可愛いい」などといいますが、この言葉は狼の童話とともに比喩を超えた迫真力をもっています。そして、すべての親は機を見て「子どもを(子どもの愛、子どもの夢、子どもの冒険、子どもの残虐なエネルギーを)食べてしまおう」と考えているようにおもわれます。嘘ではありません。子どもを自分のいいなりにしようとする親のエゴイズムが、子どもを……そして日本の青年を、いかに無力にしてゆくかは子守唄をたずねてみれば容易にわかることです。

広島地方では、

ねんねこしゃっさりまっせ
寝た子の可愛さ
起きて泣く子の、ねんころろんつら憎さ

ねんころろん、ねんころろん

と唄いますが、ここには子どもにたいする可愛さと憎さではなくていうことを聞くか聞かないかによる可愛さと憎さ、という対比があるにすぎません。おなじようなことは、栃木地方の、

坊やの子守は何処《どこ》いった
暴れの晩でも飴《あめ》買いに
飴を買ってきて誰にやる
ねんねになめらせて、大きくそだてて
大きくなったら嫁にやる
嫁さん仕事はなに仕事
粟飯《あわめし》、稗飯《ひえめし》、石臼《いしうす》ひき
それがいやなら出ておいで

という子守唄にもうかがわれます。母親は眠っている子の顔を見ながら、その子を「嫁にやる」までのプログラムを脳裡に走らせます。すると、自分のたどってきた不幸な女の

半生がすぐにおもいおよび、子もまた「粟飯、稗飯、石臼ひき」をしながら辛い毎日をしなければいけないと考えるのです。

しかし、これはたんなる暗示にすぎないのです。なぜなら、親は「それがいやなら」自分でもっといい結婚の相手をえらびなさいと言っているのではないからです。「それがいやなら出ておいで」というところが、いかにも親の親らしいやさしい罠《わな》なのです。

第一、子守唄をうたってやるような小さい子を見ながら、その子の嫁入りまでを自分のできごとのようにして考えるのは傲岸《ごうがん》でさえありますし、エゴイスチックすぎます。親にとって、子が一人立ちできるようになった日からはもう、子は自分のものではないのだ……ということを知る必要があるのです。

これこれ、童子、童子丸
母は篠田へかえるぞよ
母の留守なるそのあとで
かならずかならず食するな
ちょうちんとんぼの虫けらを
かならずかならず食するな
もしもそなたがたべたなら

どうりで狐の子じゃものと
世間の人に言（や）れるから
いわれないよにたのむぞよ
ねんねんころりよ、おころりよ

これは茨城の子守唄です。ここでも「ちょうちんとんぼの虫けらを」食べるな、という理由がふるっています。なぜならそれは、子どもがお腹をこわすからではなくて「狐の子じゃものと世間の人にいわれるから」だ、というからです。

自分が狐だとおもわれちゃかなわない、という親の自己愛が子守唄の主題であるということは何とも愉快なことではありませんか。

むろん、こうした子守唄の歌詞に稗史《はいし》や伝説が取材源になっているものもすくなくはありませんが……。しかし、共通して感ぜられることは親の、自分自身にたいするいたわりの感情が子どもへの手放しの愛より先行している、ということです。

親の愛情、とりわけ母親の愛情というものはいつもかなしい。いつもかなしいというのは、それがつねに「片恋」だからです。そして、いずれは自分を捨ててゆくとわかりきっている恋人に、うらみつらみの恋文を書くようにしてうたわれるのが子守唄なのです。

だから「子守唄」をきくと誰でもなつかしくおもいだすのは、ちょうど過ぎ去った一つのロマンスへの哀傷のようなものだといえるでしょう。

まことと親子のあいだの「恋」はアプリオリであり、先天的な恋、などというものが存在し得るのは親子のあいだだけでしかありません。しかし、それはいちどは捨てなければいけない。捨てなければあなたは子守唄に眠らされた夢遊患者でしかありませんし、第一親子のあいだには完成された「恋」など存在し得るはずはないのです。

棺桶が歌っている

青森の恐山《おそれざん》へ行ったときのことです。

血の池のまわりを巡りながら、土地の教師をしている民俗学研究家のN氏がこんな話をしてくれました。

「青森県下北郡大畑村の百姓勘次の次男良作が十歳になったある日、自分の姉に向ってふいに『姉さんは、どっからこの家に来たの！』ときいた、というのです。

この突拍子《とっぴょうし》もない質問にびっくりした姉は『変なことをいうわね。それじゃおまえはどこから来たの！』

ときくと、

『おらあはほんとは隣り村の平造の子だ』といったそうです。ますます変な気がして姉はなおもききただすと、良作は、『どうかおっかさんやおとっさんには黙っていてくれ』と前置きしてこんな話をしはじめたのでした。

『おらあは、隣り村の平造の子だったけど六歳になったばかりで死んでしまった。六歳のときに死んで棺桶《かんおけ》につめられて、どんどんとはこばれて行った。

三里三町行ったら土掘る音がきこえて、それからドン！　と音がして棺桶ごと、おらあは埋められてしまった。

気がつくとな、その棺桶のなかだとおもっていたところが実は畑のなかだったんだ。

畑にはいちめん黄色い花が咲いていて、どっからか子守唄がきこえていた。

そこでおらあは黄色い花をもぎとろうとするとカラスがとんできてじゃまをする。

おらは一人でトボトボと、家にむかって一本道を三日三晩歩いてきたが、歩いても歩いても家へ帰れない。困ってしまってぼんやりしていると白髪頭のじいさんが来て、

〝おまえの家はあれだ〟

と見知らぬ村のなかの一軒の家をさしていいました。

その家っていうのがいまの家だったのです。おらあはかまどからそっとしのび入ってきてそれから何も覚えていない』

……それをきいて姉はさっそく母親にその話をしたのでしたが、

『ばかこけ！』

と一笑に付してとりあってもらえなかった……というのです。

そこで姉はひそかに、まだ行ったことのない隣村を訪ねてゆくと、なるほど平造という名の百姓はほんとにいて……、夫婦そろって数年前に死んだ子の帰ってくるのを待っている。ということがわかった、というのでした」


これに似た話が『甲子夜話』や『武蔵名勝図会』に勝五郎転生としてのっている……ということが、あとで『日本人物語』という本をよんでわかりました。そこで、わたしはこの奇妙な生まれかわりの話を考えてみたのですが、「母の腹から生まれたが……母はほかにいる」というこの転生の思想こそ、「家」制度に向けた庶民の批評の矢だったのではないでしょうか！

わたしもまた、この良作のように幼い頃、夜ふいにめざめて、枕元《まくらもと》の母親をじっと見て、「この人が自分の本当の母親なのだろうか！　本当の母親はほかにいるのではないだろうか！」

と考えたことがありますが、……こうして生まれかわったべつの母をさがしてゆくような姿勢に、変革のイメージ、新しい青年のめざめを予感する、といってもいいとおもわれるのです。

わたしは一夫多妻という言葉をもっていま一子多母制、一子多父制ということを考えだし、血による因縁関係ではない、自分の「選び出した」新しい関係を考えています。そして、親の側にも「子はわがもの」という考え方に執着しすぎぬよう、こうした「転生譚《てんせいたん》」を読むことをおすすめしたいとおもいます。

なぜなら、あらゆる関係はつねに「ある」ものではなく「作られる」ものであり、親と子の問題もまた、けっして例外ではないのですから。

いつも見る夢　さびしい夢
月の夜ふけの　山の上
青いひかりに　ぬれながら
うちの母さま　ただひとり
泣いてまねけど　ものいわず
風に揺れるは　影ばかり

という西条八十の童謡がありますが、この「幻の母」のイメージが、実在の母をこえてゆくとき、「家」という小さな集合体を血族の檻《おり》と考えずにすむようになるのではないでしょうか！

そして、「母」とは常に幻でしかなかったことを、おもいだしてみてください！

兄弟喧嘩しよう

子どもの頃、毛利《もうり》元就《もとなり》の「三本の矢」の話をきいたことがあります。元就が、死に際の床に三人の息子を呼びよせて「この矢を折ってごらん」といったら、長男も、次男も、三男も一本の矢はよういに折ることができた。ところが三本束では、矢はつよくて折ることができなかった……ということから、「兄弟の和」ということこそ重要である……というふうに元就が教訓をあたえた、という話です。

ところで、わたしはこの話を聞いたときに、何となく反感をもちました。そして「兄弟三人力あわせて家名をもり立てよ」というくだりには、なにか馴染《なじ》めないものを感じたものです。もちろん「力をあわせる」ということが無意味だというのではありません。ただ、それがなぜ兄弟でなければいけないのだろうか！　友人や先輩だって、他家の子だっていいじゃないか、と考えたというわけなのです。（もちろん、子どものわたしがこうした大義名分に反感をもつには理由がなかったわけではありません。わたしは、ひとり息子だったのです）

ところで兄弟力を合わせて家名をもり立てる、という思想は、大家族制の血なまぐさい愛家精神のあらわれであります。

わたしは、「力をあわせる」相手というものは共通の理想、共通の利益といったものによって、自分が選択するべきである、とおもうのです。

ところが、兄弟というものは宿命的なものであって、自分が選択して力を合わせようとしても、選ぶ、というわけにはいきません。そこのところに、人間が宿命に奉仕しつづけてきた不自由さへの忍従の歴史があるようにおもわれるのです。

最近、桑田忠親という人が『戦国武将の手紙』という本をだして、十人の武将の手紙を紹介していますが、そのなかに、毛利元就の手紙が入っています。それを読むと、元就は想像以上に三人の息子への執着が強く、全文十四か条にわたって兄弟の和を説いた手紙を書いていることがわかります。

もちろん、この親心も、「結婚して分家していって、自分の手で新しい家をつくりあげる」といった思想にはおよびつかなかった時代のものだと、笑ってすませればすむようなものですが、

「三人の間、露塵ほどもあしざまになりゆきわるくおぼしめし候はば、はやばや滅亡とおぼしめさるべく候」

というほどになると、やや常軌を逸しています。兄弟は、成人したらそれぞれの判断で生きてゆくのであって、それは親心の支配できる領域ではない。兄弟喧嘩をしたって一生

絶交したっていいではありませんか。だいたい、「家を愛せ」という言葉が成り立つためには、もう一つの反語「他の家を憎め」という言葉が成り立たねばならぬことになるのです。そして、自分の家がかわいいから、他の家が多少困ったってかまわない……という程度のエゴイズムは、たいていの人がもっているものですが……、その自分の守るべき「家」ぐらいは自分で作るべきであり、生まれついたら最後、仲よく一生力をあわせねばならないという宿命を容認することになってしまうのです。

わたしは、人間の「家」というものは、常に核分裂する宿命をもったものだ、と考えています。自分の家というのは常に一代のものであり、それは西部の草原に愛する妻と二人で小舎を立ててはじめてゆくような、「創生」の歓《よろこ》びに充ちたものだとおもっています。

したがって毛利元就のように、息子に、

「他家をよかれと存じ候者は、他国の事は申す能《あた》はず、当国にも一人もあるまじく候……！」

などと戒めようなどとは、おもいもおよびません。「家」というものは、そうした暗い認識によって育てられるものではなく、もっと明るい、メタフィジクなものとして守られるべきものであるはずです。当世の若者は、たとえば十万ポンドの財産をもった他の家の娘にキッスをしたあとでこんな会話をかわします。

「あなた、わたしを好き」

「好きだとも」

「どのくらい好き！」

「お金にして十万ポンドくらい。そう、十万ポンドくらいだよ！」

これは、イギリスの怒れる若者ジョン・ブレインの『年上の女』の一節ですが、こんなふうに他家を値ぶみしながら分裂し、再編成されてゆく「家」というものを、毛利元就ならどうおもったでしょうか！

わたしの「兄弟喧嘩をすべきである」という主張は、それによって「家」というもののイメージを後天的に創造できるのだ、という考えにほかならないのです。

持たずに持つこと

わたしはいったい何を持っているだろうか！　と考えることがあります。たとえばわたしはチャーリー・ミンガスやマル・ワルドロンのモダン・ジャズのレコード。あまりスポーティではない何枚かのシャツやセーター。都心の安アパートや古いボクシング雑誌、まわらなくなった珈琲《コーヒー》挽《ひ》き機械を持っています。なかなか標準語化しない青森訛《なま》りも持っているし、病歴も、アダムスやスタインベルグの漫画本も持っています。

だが「持っている」といっても、いつも手に持っているわけではない。おもうときに、おもうように自由にできるから、「わたしのもの」だというふうに考えている、という程度のことなのです。

だが、おなじような意味でなら、わたしは広い空全体も持っているし、東京の町も持っている、ということもできるのです。つまり「おもうときに使用しても、文句をいわれない」という意味でなら、わたしの所有の範囲はぐんと広まるのであって、……とくに「わたしのもの」と主張しなくとも、わたしはさきにあげた以外の数え切れない多くのものを「持って」おり……、言葉をかえていえば、かなりの財産家である、ということもできるのです。

イヴ・クラインという、変死したフランスの画家の日記的な十六ミリ・フィルムを、先日、機会あって見せてもらいましたが、彼などは何如《いか》にも前衛らしく、パリ全部を所有しているのでした。たとえば彼は、フィルムのなかで、わたしたちに一篇の美術作品を見せるといいます。

そして画廊のなかで、青い一枚のカーテンをめくって見せるのですが、カーテンのかげにあるのは、彼の描いたパリの町の絵ではなくて、ほんもののパリの町そのものなのです。

クラインは、カーテンをくぐって、その町にでてゆき、パリのさまざまの建物や石段の上に自分の影をうつします。そして、その動く自分の影と、パリの町そのものでもって「パリ」という彼の一篇の作品だ……というわけなのです。（そんな作品を見ながら、わたしはクラインのパリをおもい、同時にわたし自身のパリをおもうわけですが、所有というのは本来、そういうものでしかないのではないでしょうか）

二十三歳になるフランスはブレチニー・シュル・オルジュの娘は、「持つこと」についてこんな意見を「アール」紙にのせています。

「同じ若い世代の人たちのささやかな野心のみすぼらしさ！　まじめにはたらき、サハラを灌漑する。LPセットときれいな妻といい子どもをもつこと。一週に一度は教養をえようとつとめる。確実な価値（正直、洗濯機、サン・テグジュペリなど）をえらぶこと。ああ、なんとなくむなくそのわるい計画！　こんなものは飼いならされた家畜の理想だ。洗濯機を中心に夢想はできやしない。

もちたい、もちたい！　彼らはすべてのものをもちたいとのぞむ。いったい彼らにとっては何かのために生き、また死なねばならぬというものは存在しないのだろうか！」

（生島遼一訳）

この不満は、一九五七年にフランスの青年（おもに学生たち）たちからとったアンケートの結果にむかって叩きつけたものですが、わたしもまったく賛成するものです。（フランス学生たちの、このアンケートの結果は尊敬する画家がゴッホとピカソであり、映画監督はルネ・クレールとブレッソンであり、好む徳目は正直さ、誠意。そしてベートーベンとバッハとを愛するという、きわめて確実な価値の信奉者であることをあきらかにしたものでした）

この二十三歳の娘はロートレアモンやアンリ・ピシェットの詩人を問題にせよ、といっているのですが、そのことは、いってみれば小市民的所有の感覚へ、斧《おの》の一撃をくらわせよ！　ということにつながってくるわけです。

つまり、わたしがさきにあげたように、自分の「持っているもの」などというのは、たんに自分が管理している、というだけのことであって……しかも、そのことだけを比較するならば、誰も博物館の番人ほどにはたくさんのものを「持つ」ことはできないでしょう。けちくさい所有の単位として「家」を考えるくらいなら、「家」などは捨てた方がよい。死体置場の番人になるくらいなら、町の群衆全体を「所有」する方が、はるかに人生に参加する意味がある。

問題は、むしろ、「家」の外にどれだけ多くのものを「持つ」ことができるかによってその人の詩人としての天性がきまるのであり、新しい価値を生みだせるのだ……と知ることです。

シラミの哲学

口寄せ、というのは巫女《みこ》の口を借りて、死んだ人と話をすることです。

恐山の巫女市にゆくと、わたしたちはどんな死人とでも話ができる。たとえばマリリン・モンローと哲学論をすることもできるわけなのです。そこで、わたしはまだ青森にいた頃、地元の人たちがさまざまの死人と話をしたことを聞きました。

それは、いずれもユーモアと悲惨がいりまじったもので、生きている人たちとのコミュニケーションにすっかり絶望した地方農民が唯一の話相手に死人をえらんだという暗い農民史の所産とおもわれるものですが、しかし、実状はなかなかヴァイタリティに富んだ健康なものです。

七年前に飢餓で死んだという息子と話しをしに行った母親が、口寄せをしている巫女と死んだ息子の区別がつかなくなり、年老いた盲目の老巫女を抱きしめて、オイオイと泣きだしてしまった……、などという光景もなかなかいいものですが、もっといいのは、その母親も、口寄せが終わるとあとはケロリとして巫女と並んで坐ってにぎり飯などを頬《ほお》ばり

ながら、

「ああ、よがったわなあ」

などと冗談をいってまるでオルガニスムのあとのように晴ればれとした顔になっている
――という光景です。

こうして儀式を受け入れる感覚が、彼女らの人生に、形而上学を育てて行くのであって、わたしはこんなところに、土着した野外劇の思想を汲みとれるようにおもっています。


ところで、古い早物語の一つに、「シラミの口寄せ」というのがあります。墓獅子の神哥として、山伏神楽などで歌われているものですが……、これは、死んだシラミが生きてる農民にむかって歌ったブルース……という形式で、じつは暗喩による農民自体のブルースになっているものです。（ここで、おらというのは、もちろんシラミのことを指します）

おらも娑婆《しゃば》にある時は
千匹も二千匹も
打ち連れだって立働いで
今は果敢《はか》なきむくさばの身に
なりそめおいて

おらが立づどぎの哀れといふものは
…………………（中略）
畑のわ畝か下畝どほりに
三本にどっちべ小屋を造り
是に麦殻の屋根をかけ
子供の寝小便でもついだる越中褌《えっちゅうふんどし》を
けんばだに吊してくれよ

この中略した部分は、シラミの苦労をのべたてたくだりで長いものであり、中略以下はシラミの願望のようなものでしょうか！　いってみれば、シラミは一生懸命働いたが、働けば働くほど、かれの存在が社会にとって反益的であるために、地獄の責め苦が重くなった、というような詩です。

ここで、シラミの労働が、地獄の責め苦のバロメーターになる……という考え方は、みずからの存在……それもみずからの職業をとおした存在にたいして疑問を提出しているわけであってさきにあげた巫女の口寄せも、一つの形式のなかで表現され直すと、意外に深いうらみつらみが根底にあることがわかる。

わたしは、さきにあげた恐山のふもとの母親族と、この詩のシラミとの間に、笑いと哀れほどのおおきな差を見るのですが、それはこのシラミの口寄せは、回顧的で、しかも詠嘆的である……という点です。（もっとも、こうしてシラミに託したみずからのブルースも、山伏神楽のようなダイナミックな形式で唄いとばされると……あとはケロリとして、みずからの仕事を信じられるものなのかも知れません。……しかし、わたしに、このシラミの口寄せを教えてくれた農村のある青年は、ついにみずからシラミであることをやめて、いまは東京でロッカビリー・バンドのバンドボーイになっています）

東北地方では、血族犯罪・親族殺しが実に多く起こるのですが、わたしは「子供の寝小便のついだ越中褌」に群れて、そこでみずからの宿命に詠嘆するよりは、いやならいやでさっさと家出すればよい、と考えるのです。

だいたい、人が十七歳をすぎて親許で精神・お金の両方のスネをかじっているのはシラミにも劣ることであって、農村で太い大根をつくろうとするにしても、都会へでて労働者になるにしても、「家出」を逃避じゃなくて、出発だとおもいこめるような力さえつけば、もう詠嘆することはないでしょう。わたしは、自分の存在を客観的に見つめ、

「自分とは誰か」

と知ることがまず、こころの家出であり、それによってはじめて、こうした口寄せを、現実と交わしあえるようになるのではないか、と考えるのです。

『人形の家』の家出人

イプセンの『人形の家』は、ノラという女主人公の家出で終わっています。

「妻として、母親として義務をふり切って、夫と子どもを捨ててゆくのか！」

という夫ヘルマーにたいして、ノラは、

「まず、一人の人間として生きたいの！」

といってスーツケースをさげてでてゆくのです。この家出劇が一八七九年にコペンハーゲンで初演されるや、たちまち大反響を呼び、婦人解放論者は拍手かっさいし、反対論者は社交界で、この作品のことを話題にすることさえ禁断にした、というエピソードが残っています。では、いったい『人形の家』のノラは家出してからどうなったか！　ということを考えてみましょう。


作者のイプセン自身は、ノラの行き先、将来のことにはかなり絶望的であり、婦人解放連盟の人たちにも、「婦人の権利のために努力しようとして芝居を書いたのではない」と語っています。

そして今となっては評論家たちも、「むしろノラは軽薄に書かれており、その将来は破滅に定められていた」と考えるのが、この作品への通念となってしまいました。たとえば、魯迅《ろじん》は「ノラは家出してからどうなったか」というエッセイのなかで、彼女はたぶん、売春婦になっただろう、と断じ、ノラの場合、家出こそ実は転落の始まりだった……と哄《わら》っています。(魯迅のいい分は、けっきょく、一家内の夫と妻の経済的自立を説いているのであって、お金がなければ「一人前の人間として生きられない」というごく当然のことをいっているのです)

この人形の家にかんする、わたしの知っているハイティーンの意見は、「とるべきものはとるべきだからさ、ごっそりと財産をがっさめてゆけばいいじゃないの」ということであり、老人の意見は、「ノラは目ざめない方がよかったんじゃ!」ということでありました。

しかし、多くの意見とは反対に、わたしは「ノラはあれでよかったのだ」とおもうのです。

ノラとヘルマーの二人の「家」は、作品の題名が示すように、二人によって創造されてできた「家」ではなく、不幸な一つの時代のなかで、先天的に在った「家」でした。

だが、本来「家」とは「在る」ものではなくて、「成る」ものですから、ノラが夫と子どもを捨てて家出していったとしても、それは人形の夫と、人形の子どもでしかなかった……ということもできるわけなのです。このめざめるまえの早すぎた結婚についての責任はヘルマーとノラの両方にあるのは当然ですが、だから、わたしは「家を出て、お金がなきゃ、売春婦になったっていいじゃないか」と考えるのです。

ノラが町角で、きわめて陽気な売春婦に、自発的になっていたのだとしたら、何しろ彼女は美人です。町ゆく男は放ってはおかないでしょう。

なかには「おやあんたは前のヘルマー夫人」という顔見知り客だってできて、再婚のチャンスもあるかも知れないではありませんか。大切なことは、ノラにとって、「人間として生きる」ためには、いままで自分を人形としてあつかってきたヘルマー家と自分を一度断ちきってしまう、ということなのです。

魯迅の考えるような経済的自立を確立した夫婦というのは、「一人の人間として生きてきた男と女」にとってしかできぬ、ということかも知れません。

だから、でてゆかなくとも、ヘルマー家でも一人の人間として生きることはできるではないか、などという忠告などに耳をかさず、すっぱりとびだしたところに「人間として生きようとする」ノラのユニークさがあるのであり、この劇の面白いところがあるのだ、とわたしは考えるのです。

ノラは売春婦になってもいいではありませんか。売春婦にだって、それなりの人生はあるわけで、職業安定所の前にスーツケースをもって立っている生き生きとしたノラを想像することだって、けっして絶望的なことではありません。

この場合、「家」が先か、「人」が先か……という疑問などはまったくナンセンスです。なぜなら、人がなくて家があるわけはない……という、はっきりした答えがあり、ノラはその、「人になる」ために家出をしたのだからです。

ノラがマリリン・モンローばりの可愛いい娼婦になって、いつかできあがる自分の「家」のことを考えながら、せっせと貯金している、ということにまで領域を広めて考えてやらぬかぎりノラに本当の幸福を予想することなどはできないのであり、それは「婦人解放」などという大義名分とは別の、きわめて素朴な「一人の人間として」の権利である……と、わたしはノラのことを考えているのです。

カタツムリの家出

わたしは少年の頃カタツムリを半分好きでした。

半分というのは、カタツムリが自分の肉体の一部分を「家」としているという気安さと、

「家」そのものが制度ではなくて、きわめて具体的な殻である、という点です。

そして、あとの半分（つまり好きになれない部分）というのは、カタツムリが自分の力で、「家」を変えることができない、という点と、一つの「家」には常に自分自身しか入ることができない、という点にありました。

千葉県の海岸沿いでは、「おばの家が焼けるから、棒もって出てこいカタツムリ」という唄を唄うそうですが、このカタツムリの一人一家という形態と、日本人のなかにある「家」のイメージとを重複させて考えてみることも無意味ではないかも知れません。

でんでんがらも
親の枕に火がついたといの
ちゃんと出て消やせ（石川県）
かたたん　かたたん　角だしゃれ
爺も婆も焼けるぞ
早う出て水かけろ（徳島県）

こうしたわらべ唄には、一人一家の思想を実践しているカタツムリを非難する口ぶりがうかがえてちょっと面白い。つまり、地方の農民たちにあっては家族は常に、家長の傘下にあつまって、先祖の仏壇を守って共同生活をしていたので、一人で自分だけの家を守っているカタツムリに、無意識のうちに道徳的な非難の念を持っていたのでしょう。

しかし、同時に、頑固なまでに、自分の「家」を自分だけのものにしていたカタツムリに嫉妬《しっと》と羨望の念をも持っていたことは確かであり、

蝸牛、かきつぶり
銭百呉えら
角コ出して見せれ見せれ（秋田県）
かたつむり、かたつむり、角出せ
河原の婆が豆を炒って食わす（高知県）

といった唄には、何とか機嫌《きげん》をとって、自分たちとも和合したい……といった心があらわれているようにおもわれます。少年時代、東北地方で育ったわたしも、このカタツムリを羨やみながら、暗い「家」のなかで、角もださずに日々を送っていたものでした。そして登山家がシュラーフ一つで山へでかけてゆくように、背中に布製の「家」を一袋背負うだけで生活できたら、どんなに素晴しいだろうか！　と考えたこともあったのです。

わたしの少年時代の、ノートに書きためた詩集『私の昆虫記』のなかで、カタツムリは

ボヘミアン扱いされていますが、それはたぶん、当時のわたしの心情の反映だったのかも知れません。

だが、今にしておもえば、カタツムリはボヘミアンではなかった。それどころか、カタツムリは、きわめて古風で偏屈な、「家」制度墨守の孤独者だったのです。それが何より証拠にはカタツムリは家出できないではありませんか。

カタツムリにとって「家」とは宿命のようなものです。これは、自分の家を宿命的な存在だとおもっている農村青年たちとはだいぶちがいます。農村の青年は、すべてを犠牲にして家出しようとすれば、みごとな転身もまた可能なのですが、カタツムリは殻をでたとたんにカタツムリとしての魅力を失ってしまうのであって……、「家」はぬきさしならぬものとして、カタツムリの肉の上に存在するのです。

だが、家というのは「在る」ものではなくて「成る」ものです。マルク・フラスコの『週の第八の日』の恋人たちのように、自分たちの共通の理念を、かたちとして創造してゆくものであって、他からあたえられるものではけっしてなかったはずです。

……ところでわたしが、こんなことを書く気になったのは、今日、雨が降ったからでした。書斎から見ると雨の庭の、芝生《しばふ》の上を若いカタツムリが一匹這っています。じっとそれを見ていると、わたしの少年時代の友人たちの顔がさまざまに浮んでくるのです。

みんなやっぱり、暗い「家」のなかで、くすぶっているのだろうか。あるいは「家」を作りかえて、都市を軽蔑《けいべつ》しながら、やさしく強い青年に成長しているだろうか！　そうおもうと何か心に沁《し》みるような芝生の青さが、詩人になろうとして、上野行の汽車にとびのった十年前のわたし自身をおもいださせます。

やさしさは殻透くばかり蝸牛　　誓　子

行きあたりばったりで跳べ

今から六、七年前に、真木不二夫が「東京へ行こうよ」という歌謡曲をうたって大いにヒットしたことがあります。

ところが、この曲は発売後まもなく「家出の傾向を助長し、かさねて風俗を紊乱《びんらん》するものである」という理由から発売禁止になってしまいました。ラジオなどでももちろん、この曲を電波にのせてはあいならぬ、というわけです。

そこで、このヒット曲の何がいけないのか、どこがいけないのか、聞いてみると歌詞のなかに「東京へ行こうよ！　行けば行ったで何とかなるさ」というルフランがあって、それが家出人を無責任にけしかけることになるから有害なのだ、ということでした。

しかし、わたしには本当はこの「行けば行ったで何とかなる」というエネルギーを思想化することこそ重要なのではないか、と考えられてなりません。

地方の農村で、上り列車の汽笛を聞きながら東京、「陽のあたる場所」を夢見あこがれながら、行動へ転化するエネルギーをもたずにくすぶっている若者たちはいっぱいいます。そんなかれらに、「そこにじっとしていろ」と説得することは、農本主義の立場からの政治的効用はあっても、人間を復権するというたてまえからは、有害なのではないでしょうか。

その後、おなじテイチク・レコードでは、大路はるみに歌わせて、家出防止のために、「私は東京へ来たけれど」という曲を売りだしました。しかし、この曲の方はテイチクが力をいれて宣伝したにもかかわらず、売れ行きはあまり芳ばしくありませんでした。

なぜなら、この曲は地方の若者たちにとって「のぞましい現実」ではなかったからです。

現実には常に二通りがあります。その一つは「あるがままの現実」であり、もう一つは「のぞましい現実」です。人が歌や文学のなかに見出そうとするのは、つねに「のぞましい現実」への足がかりにほかなりません。いま若者たちの「のぞましい現実」が東京にあこがれているのに、東京へ来るなという歌を流行《はや》らせようとしても流行るはずがないのは当然です。（大路はるみの歌は「私は東京へ来たけれど、あっちを向いても、こっちを向

いても狼ばかり、はやく田舎へ帰りたい」というようなまったく消極的なものなのでした)

そこで、わたしは考えました。いったいみんなが東京へでてきたがっているのに「家出」という、個人的な領域に立入ってまで、地方の若者たちを東京からシャット・アウトしようとするのはなぜだろうか!

「行けば行ったで何とかなる」のに行くなというのはなぜなのだろうか! (当時、わたしもまだ未成年で、地方にくすぶっていたわけですが、実際にでてきてみると何とかなった一人なのです)。そこでその問題を突きつめて考えてゆくと、それは東京の人口が過剰であるから、今以上に人がふえては困る、ということと、あこがれてでてきた家出少年少女を待ちうけて、人身売買をしたり、不当労働に追いやったりする「狼《おおかみ》」どもがいるから危険だ……ということの二点にしぼられることになるのでしょう。

しかし、よく考えてみると、この二点のうち、人口の問題に関しては、たんに東京人のエゴイズムと、先住者の傲慢な排他性以外の何ものでもないことがすぐわかります。

闘って敗れたものがこの「陽のあたる場所」から去ればよいことなのです。すると、これは論外で、「狼」の問題だけ、ということになります。もちろんこの「狼」の問題はきわめて重要ではありますが、「東京へ来させない」ための、直接の要因とは考えられません。なぜなら問題は、だます「狼」の悪さであってだまされる「家出人」の悪さではないのです。警察は狼狩りをすればよいのであって、狼狩りはどうもうまくいかんから羊狩りをしようというのでは倒錯もはなはだしいということになってしまいます。

わたしは、同世代のすべての若者はすべからく一度は家出をすべし、と考えています。家出してみて「家」の意味、家族のなかの自分……という客観的視野を持つことのできる若者もいるだろうし、「家」をでて、一人になることによって……東京のパチンコ屋の屋根裏でロビンソン・クルーソーのような生活から自分をつくりあげてゆくこともできるでしょう。

やくざになるのも、歌手になるのもスポーツマンになるのも、すべてまずこの「家出」からはじめてみることです。

「東京へ行こうよ、行けば行ったで何とかなるさ」――そう、本当に「行けば行ったで何とかなる」ものなのです。

家出論

もはや、家出するにも「家」がないではないかという考えが一般化しつつあるようです。「家」がわたしたちにとって桎梏《しっこく》であるあいだは、それからの解放が思想の斧《おの》であり得たのですが、はじめから壊れてしまっている「家」などから出たところで何になるでしょう。

一九三八年にオグバーン Ogbarn 博士は「家」の中で果たされ得る機能を七つに分類し、それを経済的、身分的、教育的、宗教的、慰安的、保護的、愛情的機能としました。そのうち六つまでは「家」の中での活動の意味を失ってしまい、今残っているのは七番目の愛情的機能だけです。しかし、一人の自我形成期の少年にとって、家出の決意が生まれる動機は「家」の七つの機能が備わっていた時も今も、この七番目の愛情的機能との絶縁であったということを思い出してみれば、たとえ「家」がその形骸をとどめていなくとも、親がある限り人は永遠に家出を繰り返すにちがいないというのが、わたしの考えなのです。七つの機能のうち、六つまでは政治的変革によって、個人の領域を拡張し、それによって解放してゆくことができます。それは、法的資料によっても明らかであり、父系権威体制から、しだいに「両性平等の上に立った双系体制への変化と進展」(ヘルマ・ヒル・ケイ『家族にとって変わるもの』)してきた傾向にも顕著に見られるところです。

一体、政治による解放が母と息子との絆《きずな》を断ち切ることにどのように有効なのでしょうか? どのように、社会史的に解体されてもなお厳存しつづける「幻の家」の否定は、それが幻影である限りは、幻影の中で破壊しなければならぬ、という考えが、いつまでもわたしの頭を去らないのである。

少年時代、わたしはよく「家族あわせ」というゲームをして遊びました。それはトランプの51によく似た規則を持つゲームで、セットになっているカードを早く揃えた方が勝ちという単純なものでした。ただ、51と違うことは、カードが数字ではなくて人名だということです。

金野成吉家、とか民尾守家といった五家族にそれぞれ父札、母札、兄札、姉札というのがあって、五家族だと父五枚、母五枚、兄五枚、姉五枚などがよく切られて配られます。参加者は、自分に配られた金野家の父と民尾家の母といった確率的不倫を整理して、少しでも早く「一家」を完成して勝ち上るというもので、順番がまわってくるたびに、そのカードを持っていそうな人を推測しては「金野成吉家のお母さんを下さい」とか「民尾守家のお兄さんを下さい」と指名するのです。持っている人は指名されたカードを渡さなければならないが、ないカードを要求された場合はそれを拒んでこんどは自分が指名できます。連絡船の汽笛のきこえる暗い引込線の車庫の中で、わたしたちは一日中このカードに熱中し、時には一家を総集する代わりに、五家の母親ばかりを集める、といった陰気な愉しみに耽《ふけ》ったりしたものでした。

その頃のわたしは、九州の炭鉱町へ行った母と生き別れで、「お母さんを下さい」「お兄さんを下さい」というカードの要求が、そのまま実人生での足りない札をさがす声となってゆくという石童丸の感傷を、ひたひたと味わっていたのです。いったい、父、母、兄、姉と揃わなければ終わりにならない「家族あわせ」のゲームというのは、何の教訓だった

というのでしょうか？　太宰治は小説のなかで、

海を越え山を越え、母を捜して三千里歩いて
行き着いた国の果の砂丘の上に
華麗なお神楽が催されてゐた

と書き、その神楽の群衆の中から、小さな赤いほくろのある「育ての親」を捜し出さねばならぬ、と「家族あわせ」のルールを、実人生の中で果たそうとするのですが、しかしこうしたゲームの盛衰とは別に、実社会では一族離散の時代がはじまっていたのです。

ほんとうは、とうの昔から「家族あわせ」は家の外に押しやられ、さぶい北方の農村では、生まれてくる児を「家族はずれ」にするための殺児、間引きが行なわれていた、とわたしに教えてくれたのは、島原から来た飯炊き女のヒサでした。その方法も、松永伍一の『日本の子守唄』によると、窒息法、扼殺法、圧殺法、撲殺法、毒殺法などさまざまあったらしいのですが、ヒサの教えてくれたのは古くなった地方紙（東奥日報）にくるんで、向い風にさらしておいて凍死させるものや、糞つぼに莚《むしろ》ごと投げこむものなど、稚拙で残酷なものばかりでした。わたしも幼時に、笹舟《ささぶね》をうかべていた川を、

「見ろ、かな子だぞ」

と指さされ、人形をのせた莚包みが流れてゆくのを見たのを覚えています。かな子、水子、流れ仏は「間引き」された児の水葬のことであり、これが母親のおかす犯罪を見た最初の経験でした。

猫の腹に子がある
男なら助ける
女ならぶっつぶせ

という岩手の子守唄も、猫殿、猫殿、ゆるしてけへや。とあやまって終わることになってますが、お正月にいろりばたで子供たちが「家族あわせ」をしているあいだに、地獄へ追い帰されてしまった誕生以前の姉や妹たちのことを歌ったものだとわかってわたしは戦慄したものです。「家族あわせ」のルールは近代社会の確立前から、破られてしまっていたのです。

だが、こうしたルール違反は、一方的に親たちばかりが犯してきたのではない。貧しさと労働力不足に悩む農村では、口べらしは生まれてくる赤児だけではなく、余剰の生命をもてあます老母や老父にも向けられ、「役に立たなくなった」親を山に捨てて鴉《からす》の餌にするという姥捨《うばすて》の伝説は、いまも語り伝えられているのです。

「間引き」や「姥捨」にみられる余剰家族の切り捨ては、同時に血というものへのきびしい愛憎をわたしたちに植えつけました。お祭りのお神楽《かぐら》をみている群衆の中で――しゃがんだ母の下駄《げた》にしたたり落ちてくる生理の「赤い花」と、わたしという存在との関係について考えることは、とりも直さず、ヒサシの傾いた幻の家を意識することであった十五歳のわたし。「もう一人で生きられるから、東京へ出してください」というと、炭鉱町から帰省してきていた母は、裁ち鋏《ばさみ》をもってわたしにせまり、「逃げるなら、殺してやる」といったものでした。母は「わたしを育てることに、お国への責任があるのだ」といっていましたが、実際にはわたしを個人の人間として扱わずに自分自身の分身とみていたのでしょう。それは、一つの屋根の下では、たった一人のにんげんしか住むべきではない、という母の世代の信仰でもありました。体はいくつあっても、心は一つだよ。というのが母の口ぐせだったのです。そして、母にとって「家」の意味は、ただひたすらに愛情的機能を他の価値観に置き換えることになりました。

むろん、母が「家のため」というところを「国のため」といい換えたのには、理由がないわけではありません。戦前の、天皇を紐帯《じゅうたい》としたわが国にあって、「国家」と「家」とは同価値におかれていて、国家が本家で、家族が分家という考え方が忠孝の連続性として存在していたのです。わたしの生まれた年に公刊された文部省の『国体の本義』には、わが国の孝は人倫自然の関係を更に高めて、よく国体に合致するところに真の特色が存する。わが国は一大家族国家であつて、皇室は人民の宗家にましまし、国家生活の中心であらせられる。臣民は祖先に対する敬慕の情を以て、宗家を崇敬し奉り天皇は臣民を赤児として愛しみ給ふのである。わが国に於ては忠を離れて孝は存せず孝が忠をその根本としてゐる。

と述べています。ここにおいて、忠と孝とを価値の座標軸を縦横に位することを拒み、同じものとして扱っていることにはかなり重要な意図がひそんでいるのです。つまり、母が「家出」をいさめる論理の底には、ひとりの息子の祖国喪失を戒めるような大義名分が立っており、それを保障してくれていたのが、戦前の天皇制国家だったからです。実際、母にとっての「家」は子をいつまでもひきとめておくべき容器にすぎないのに、その孝行の倫理の根底には「血族永遠の目的」――つまり、国家としての家の幻想がひそんでいるのです。それは「国民たるものは個人の利害を顧みることなく国家永遠の目的にかなうようにすべきは当然の理なり」（明治末期、国定教科書『修身』）の中の国家の部分をそっくりそのまま血族とおきかえて、その遠近法のトリックによって「家」への定着を義務づけようとする父母たちの、四畳半版『国体の本義』でもあるかのようです。

家出といっても、たかが母の数滴の生理の血を拭きとるくらいにしか考えない子の世代と、「国家を見失う」ほどの驚愕《きょうがく》を感じる母の世代とのあいだには、あまりにも大きな評価のくいちがいがある。と、わたしは思いました。小説『家』を書き、生涯かけて家父長制度の亡霊と対決しつづけた島崎藤村の近代主義も、結局は「家」そのものをブルジョア的な個人主義倫理の対極に置くだけで、「家」を出ても、大家族制度を克服しても、愛情機能の桎梏だけとは、対決しようとはしませんでした。しかし、「座敷牢の内に悶えていた小泉忠寛」とわたしたちとを同じだと感じる暗い梁の「家思想」はもはや、消失し、残ったのはいちばん最後の愛情的機能だけです。

しかも、その愛情はみずから出会って成したものではなく、はじめから在ったもの——アプリオリに与えられたものです。

大工町米町寺町仏町　老母買う町あらずやつばめよ

よく考えてみれば『国体の本義』はまちがいではなかったのかも知れません。家という単位は、構造的にはきわめて政治的であって身分と経済の面は、家父長制の中で「父」という首長に委ねられていました。家の中には、つねに階級があって、父はどんな時でも掛軸のある床の間に坐っていました。そしてまた教育は「家」から「学校」へ、と托されるようになり、宗教もやがて「家」単位から村落共同単位、信仰団体単位へと家出していきました。

慰安はもっぱらテレビジョンが引き受けてくれているが、そのあげくが「家の中で、親子は一日に何分話しあっているか?」(「サンデー毎日」調査) というアンケートの回答として出てきた一日二分という数字です。もはや、「一家揃って水いらず」という言葉は死んでしまい、慰安は「家」の外のキャバレーやソープランド、野球場やゴーゴーホールに求められるようになりました。深夜映画館で、高倉健の刑務所の話をきいたり、競馬場で「二分そこそこの一瞬の永遠」に人生を賭《か》けたり、おさわりバアで、ズボンのチャックを下ろされて河馬《かば》のようにヤニさがっている男たちにも、帰る家はあります。ただ、「家」はあるが、慰安がないので酔えば口ぐせのように歌いつづけているのです。「家へ帰るのがこわい」「家へ帰るのがこわい」「家へ帰るのがこわい」

しかし、こうした小国家としての「家」は、しだいに大国家の改良の論理に併合させられてゆき、残された七番目の非政治的な規定による「家」だけが、家出の対象となってきつつあるようです。家出はもはや、青年のエゴイズムの発見でも、近代化への脱出でもなく、夾竹桃《きょうちくとう》の花畑に一滴こぼした母の血の問題にすぎなくなってしまいました。それはつげ義春のマンガの世界であり、同時に三上寛のフォークソングや「浪曲子守唄」の世界でもあります。

社会史的に、「家」が崩壊してゆけばゆくほど、魂の「家族あわせ」が団地アパートや地方の小都市で流行するのは、いわば血による回収へのたくらみであり、ローズマリーの赤ちゃんを狙う運命共同体の陰謀であるということもできるでしょう。

むろん、「家」を親子という縦軸からだけとらえようとするのは間違っています。崩壊しかかっているのは、夫婦によって作った「家」でもあるからです。人間が、制度（母権制にしろ、家父長制にしろ）から解放されながら、制度にかわるものとして、他の人間に配属しようという考え方は、間違っています、そしてその間違いによる歪みは世界の各所に及んでいるのです。たとえば、カリフォルニア大学で行なわれたシンポジウムの中で、「家」についてのこんなやりとりがわたしの目をひきました。

質問――一九四九年以前の中国において、妾囲いの風習が家庭や血縁制度の中で果たした役割というのは何だったのでしょうか？

ホウ教授――わたしたちは統計に関心を持つ必要があります。一人以上の妻を娶《めと》る余裕のあるお大尽は、いつの時代でも全人口から見てもごく少数例だったのです。それでも一九三一年の民法では、例外を、いくつか認めました。すなわち、妾たちがすでに家族として生活し認められている場合は、その権利が認められたのです。

しかし一九四九年以降、妾を囲うことは厳しく禁じられました。現在は、男女平等の性道徳が厳格に実施されて、中国人は、共産主義者すなわち厳格な儒教徒の民族とも呼ばれている程です。

こうして、妾は禁じられたとしても、妾をほしがった男の欲望は消失してしまったのでしょうか？　「一つの眠りから醒めようとして、またべつの眠りのなかに落ちこんでしまっている」砂をかむような寂寞感《せきばくかん》！　一夫一妻によって成る「家」への疑いが、秩序の偽《ぎ》瞞《まん》をあばくエネルギーにとって変わろうとしている時代。その時代感情の反映として、舞台やスクリーンには多くの妖怪や吸血鬼、モンスターたちが活躍しはじめています。たとえば、かつてエンゲルスが『家族、私有財産及び国家の起源』のなかで「集団婚――すなわち、男の全集団と女の全集団とが互いに所有しあい、ほとんど嫉妬の余地を残していない形態である」と書いたとき、そこにみられた多夫多妻の「家出の思想」は人たちの目をひきました。

にもかかわらず、嫉妬の余地を残していない――というところで、わたしなどは興醒める。このあいまいなコンプレックス感情としての嫉妬もまた一つの生甲斐なのであり、人は多夫多妻の中で「一夫一妻」への幻想をいだきながらも孤独と嫉妬になやみつづける、というところに、迷える「家なき子」の出発があったのではないでしょうか？

上野駅の構内に貼《は》ってあった一枚の「家出人さがし」のビラの女。深井秀子さん。わたしはあなたを知らない。ビラによるとあなたはわたしと同じ年に生まれて長野県の飯山市に住み、飲食業をしていたようです。特徴は「歯ならびが悪く、笑うと左側にエクボができる」ということだそうである。あなたは昭和四十三年の十二月二十五日――つまり、クリスマスの日に家出した。「子供の俊介も母も皆心配している連絡をまつ」願出人夫深井重雄、父深井源吾　というビラを読んでいると、わたしは雪の夜にしまい忘れていた「家族あわせ」の中の一枚のカードが行方不明になった時のことを思い出します。ゲーム中ならば、いなくなった母は他の誰かの手にあって生々流転するわけですが、車輪の下や竈《かまど》の灰にまぎれてしまったカードは、関係の死です。「所持品は風呂敷包み、中はアルバム」アルバム。アルバム。アルバムには子供の写真が貼ってあるんでしょう、という上野駅の保安係の話をききながら、わたしはここに母と子の血の絆が納豆《なっとう》の糸のようにねばっこくのびちぢみしているのを思いうかべる。ビラの写真が、どことなく不幸に見えるのは、彼女の「家出」が実はカタツムリの旅のように、暗い家の骸を背負いつづけているようにも見えるからです。イプセンの『人形の家』のノラの家出と深井秀子（おお、わたしの母と同じ名！）さんの家出とは、家夫長制の封建的な家からの脱出という点ではよく似ているように見えます。それなのに、ノラの家出は近代的な自我の目ざめの爽《さわ》やかさを喧伝され、深井さんの家出はふしだらな人妻の失踪をしか噂《うわさ》されないのはなぜなのでしょうか？

一口にいってしまえば、あわただしかったこの百年の近代社会形成の中で、「個人」と「自我」とを生み出さずに来てしまった日本人は、「家」の倫理の中でだけものを考えてきたのです。そこでは、「家」から「家庭」にかわったとしても、本質が変わったとは思われません。裸電球と四畳半の独身アパートの荒野での自立は、つねに自倒の不安とうらはらであるが、あわせられた家族カードの点数によって発言量を増大してゆく「家」依存の「ファミリー・パワー」には青年を解放する機会を生むことなどないでしょう。

「家出」したところで、それから先の目標も計画もなければ何もないという人、「東京へ行くな、故郷を守れ」と書いた詩人、そして「家出するなら、お母さんもいっしょに行ってあげるよ」などと猫撫で声を出すママゴン、衝動をいましめよ、と忠告する教師、「東京が何さ」と歌っている売れない流行歌手、「ぼくの家には、仏壇もなければ暗い田もありません。それに世間一般の親とちがって家の親は特別に理解があるから、家出する必要もないんです」と変声以前の声で話す孝行息子——あなたたちは、何もわかっちゃいないんだ、全く、何も目標も計画もさだまっていないからこそ、家出という行動を媒介として目標をさだめ、計画を組み立てなければならないのであり、幸福な家庭であるからこそ、それを超克しなければならないのです。

家出の実践は、政治的な解放のリミットを越えたところでの、自立と自我の最初の里程標をしるすことになるでしょう。親との対話という名での、血的遺産のリレーを中断し、むしろ親とも「友情」を持てるような互角の関係を生みだすためには、幸福な家庭も捨てなければならないのです。自分ひとりでも歩かねばならない――むしろ、自分ひとりでこそ。わたしは、よく高群逸枝という老詩人の望郷子守唄を思い出すが、それはこんな歌でした。

風じゃござらぬ汽笛でござる
汽笛鳴るなよ　思い出す
おどんがこまか時や寄田の家で
朝も早から汽笛見てた
汽車は一番汽車　八代くだり
乗って行きたいあの汽車に

望郷の歌をうたうことができるのは、故郷を捨てた者だけである。そして、母情をうたうこともまた、同じではないでしょうか？

第二章　悪徳のすすめ

百科辞典以外の悪徳の定義

近親相姦・強姦・嬰児殺し・売淫・姦通・殺人・窃盗・男色・女色・獣姦・放火・毒殺・掠奪・親殺し。

（右のなかから、悪徳とおもわれるものに○をつけよ）

という試験問題がだされたら、あなたはどういう答案を提出しますか！

これはなかなか難問であります。

たとえば、一九五八年以前のわが国では、「売淫」は犯罪ではありませんでしたし、いまでも法律違反を悪徳の規範にするならば、男色・女色・獣姦・近親相姦はその対象になりません。

そこでもし、わが国の法律、などというケチなことをいわずに、もっと全人間的な立場から判定しようとするならば、それはますます難問だ、ということになるのであります。

例えば、マルキ・ド・サドの生きていた一八〇〇年代には、コーカサスのミングレアやアメリカ、ジョージア州の土民たちの間ではさきにあげた項目の全部を美徳としていた、ということになっていますし、その宗教によって、美徳と悪徳とがまったく倒錯して評価されることもあり得るからです。サドの『諸国風俗考』という本によりますと、「リディアでは、娘が売春で得た子どもは、嫁入りのときの立派な土産《みやげ》であった」し、「ニカラガ島では、子どもらを生き贄《にえ》として売ることが父に許されている。

そして、玉蜀黍《とうもろこし》を神にささげるとき、子どもらの血でそれをうるおし、この二つの自然の産物の前で輪をなしておどる」のだそうであります。

ブラジルの人肉食、ギアナの月経の娘を虻《あぶ》にくわせる儀式とその見世物。そして第二次世界大戦中に、まのあたりに見せられた「殺さないことが反動家」とされた国家思想。……そうしたことをいろいろ考えあわせると、いったい悪徳の基準は何によってはかるべきか？

まったく当惑してしまうようであります。

サドのいわゆる「自然そのものがあたえたものを信ずるべきだ」という考えが、「欲望、情欲によってつらぬかれた」汎神論としてあるのは、きわめて健康なことだ、とわたしは考えます。

そして、悪というのはキリスト教的友愛の絆《きずな》によって規定されるのではなくて、自然そのものの要求に反することなのではないか、と考えるのです。（したがって、さきにあげたすべての項目はコーカサスのミングレア土民の考えたように、悪徳ではなくて、むしろ

一つの徳であるかも知れません）

だが、だからといって強姦や放火や殺人がいいというのではない。むしろその反対であります。社会の成立というものは、美徳や悪徳とは無関係に成立するものであって、反自然的なことまでも犯しあうことによって人道というものを育てていこうとするものです。したがって、お互いに我慢するという悪徳に慣れることによって、「幸福そのものではなく幸福のかわりにあるもの」を信じ合い、それがきわめて知的な秩序を成立させているのである、と考えるとき、わたしたちはコーカサスのミングレア土民よりも、先進的な生き方をしている、という誇りを持つことになるのであります。

禁欲という悪徳は、もしかすると人類をダメにしてしまうかも知れないので、人はそれを他の方法（芸術などの）によって発散させるようになった……と考えることもできます。

わたしも、月に一度くらいは小さな会をもって、「想像しうるかぎりの悪についてのシンポジウムとその実践の会」でも開こうか、などと考えることがあります。

石川五右衛門との架空対話による泥棒哲学

「では、あなたは泥棒も職業の一つなのだから、職業安定所でも取り扱うべきだ……、とおっしゃるんですね」

「そういうわけだ」

「本気でそんなことを考えていらっしゃるのですか？」

「本気で考えているのだ」

「しかし、あなたがたの泥棒というのは職業といっても、ちっとも世の中の役には立たない。社会的効用なんか、ないじゃありませんか？」

「社会的効用なんてものが、そんなに重要なのかね？」

「当然ですよ。われわれは、社会に生きてるんです」

「社会的効用がなければ存在価値なしとでもいうつもりかね」

「まあ、そうです」

「なるほど。じゃあ、あんたの芸術とやらも、社会的効用を持っているというわけだね」

「（ちょっとつまって）そりゃ、もちろん。ぼくはぼく自身の考え方で、社会とかかわりあいを持っています。すくなくとも、作品の持つ社会への影響には責任を持っています」

「ほんとかね？」

「………」

「じゃあ、どうして詩人というのは職業として職業安定所であつかわれないんだろうかね」

「あつかわれませんか?」

「よく知らんがね、……求人広告に詩人求む、なんてのは聞いたことがない!」

「(話題をかえる)しかし、何といっても、ぼくら詩人は、泥棒諸氏のように庶民から毛嫌いされることはない。それはたしかですよ」

「(ニヤニヤして)問題にされん、というのとちがうかね」

「………」

「あなたは誤解しとるが、われわれ泥棒は……庶民にはそんなに嫌われておらんよ。そりゃあ、アマチュアの窃盗はユーモアを欠く場合もあるが……、本職の泥棒、たとえば池袋のスリ学校や、浅草の万引教室をちゃんとでた泥棒は……技術者だからね」

「(唖然《あぜん》とする)」

「それにあんた、江戸の闇太郎も、怪盗ルパンも、鼠小僧次郎吉も……、みんな庶民に愛されとったじゃないか」

「それはみんな、作り話だからですよ、五右衛門さん。世のなかの人は、フィクションの悪漢には寛容なんです。しかし、あなたがおなじアパートに引越してきてごらんなさい……。近所迷惑がられた上、総スカンを喰うことまちがいなしですよ」

「(ニヤニヤして)そんなこともないだろうさ。職業に貴賤のない時代なのだ」

「しかしアパートの誰一人として、泥棒を職業だとはおもってくれるもんですか！　ばかばかしい」

「そうだろうかね。

わしは黒装束でアパートの階段を下りてゆく。隣の奥さんと買物の帰りにすれちがう。

——あら、石川さん。今日はどちらへ？

——日本銀行です。

——いい、お仕事ですか？

——そうです。

——まあ、暑いのにたいへんですわねえ。じゃ、気をつけて。

てなぐあいで、何となくテレビスター扱いを受けて交際してゆける。……どうかね、そうは行かんかね？」

「…………」

「わしは何もチャップリンの真似をしていうのではないが、泥棒産業も大資本攻勢にあって中小企業が苦しい。しかも、わしのような昔気質《むかしかたぎ》だと、泥棒同士で組合を作るというのも、職業柄すっきりしないような気がする。泥棒美学がなくなってしまうような気がしてね。

……そこで考えたんだが、泥棒というものも、昔風に一つの職業化した方がよい。だいたいスリや空巣にやられた奴というのは『しまった!』と頭をかかえこんで、まるでゲームかなんかのように素直に負けを認めるものだ。

そういう泥棒の世界で、わしなみのスターを作ってしまえば乱世ムードにはなるが、『盗られる』ということには、それほど腹も立たなくなる」

「そんなのは時代錯誤ですね。

だいたい、泥棒の人づくりをやったって、企業内の浮き借しや汚職はなくなりませんよ。泥棒の概念というものがアリストテレス的に、まずあって、それから泥棒が概念どおりにつくられてゆく……、という考え方を応用するにしては時代がすすみすぎてしまいましたね」

「わしの考えでは、泥棒は路傍に百万円落ちていても拾ってはならない。拾うのは乞食《こじき》だ。泥棒は盗まねばならん。

……そこに職業としての貴い使命がある」

「古いなあ!

そんな泥棒哲学が現代に適用するとでもおもってたんですか? 泥棒かとおもえば警官、警官かとおもえば泥棒……、このミステリー的な様相が、現代の面白いところなんですよ、石川さん」

「……………」

悪漢志願

アメリカにいるわたしの息子から手紙がきました。アトランタからの航空便です。といっても、わたしはまったく子どもをつくったおぼえがありませんので、この自称「寺山修司二世」(S. TERAYAMA. JR) という人は、義兄弟の親子版とでもいったつもりでわたしの姓を名乗ったのではないかとおもわれます。

この手紙、読むとなかなかふるったもので、わたしの悪徳礼讃のエッセイに力を得て、アメリカで大いに悪体験を積んでいる……、ということの報告を綴《つづ》ったものでした。

その上、かれはなかなかのナショナリストらしく、「ぼくはアメリカの会社から普通のアメ公の二倍近い週給をカスめております。しかし、それはぼくの副業であって、ぼくの心からのたのしい本業は、無報酬ながら、不義同好会をつくって宗教を問わず、国籍を問わず、十六歳から四十六歳までの黒人以外の主婦たちと交際することです」

と書いてありました。

しかし、その本業というのは、

「彼女らの夫の出張中に、ベッドの下に靴をぬぐこと」であり、過去三か月に、五人の南部女から感謝された……と馬もはねるばかりの字で得意気に書いてあるのを読んだときは、さすがのわたしもふきだしてしまいました。しかも、「一つ弁解しておきたいことは、ぼくはジゴロではなくて、自分の車は自分で使い、一セントといえども女からもらったことなんかないのです」とも、彼はことわってあります。わたしは、この不肖の息子の手紙を二度読んで、二度笑いました。

おそらくなかで彼のいちばんいいたいところは、手紙のしめくくりになっている、「悲しみとするところはぼくがあなたのように、悪い先生になって極論することのできない、気の弱い一介の美青年にすぎないということです」

という一行に集約されているのでしょう。ここには、一読して痛快なアイロニイを読みとることができます。「何だ。お前なんか日本のすみっこにいて、悪徳のすすめなんて偉そうなことを書いているが、けっきょく、いってるばかりで何もできやしないじゃないか。おれを見ろ。おれはこれでもニューヨークからアトランタへかけて、行動でもっていろいろ実践しているんだ。えらそうなことをいう前に、いっちょう、他人の女房のベッドの下に、靴を脱いでみたらどうなんだ」

という息子の、兎《うさぎ》のような小鼻がヒクヒク動く様子が目に見えるようだ。……この、論より実行という思想は、昔から青年の特権とするところでありました。そして、わたしの息子もまた、半分はわたしの言行不一致に挑戦し、あとの半分は自分のしていることを、自慢せずにはいられなくてこれを書いたものでしょう。

ところで、わたしは言行不一致はそれなりで、なかなかいいものではないか、と考えています。すくなくとも、言行不一致を平気で容認していけるような太い神経だけが、長い歴史をすこしずつ変革してきたと考えられるからです。このことは、たとえば日本の反体制運動の歴史のなかにも、長崎のかくれキリシタンの伝道史のなかにもはっきり証明されていることであって、踏絵を拒んで死んでいった信徒たちによっては何も変えられなかった、という史実が何よりのいい証拠になるといってもよいでしょう。

福田恆存は、「わたしは自分でもときどき顔を赤らめるようないい事をいう。しかし、妻はそれを素直に聞いて成長して行った」と書いていますが、思想とは本来「自分でもときどき顔を赤らめる」ようなことでいいのではないか、とわたしは考えるのです。

そして、こうした言葉は、それ自体で一つの行為の重みをもっているのであって、けっして実行者のそれに優先されるものではないのです。そのへんのところをよく弁えてかからぬと、つねに体験者優先の思想しか効力をもたないということになります。

わかりきったことですが、ここが重要な点です。

「立派なことをいうが、あいつのしていることはいったい何だ」

などという非難で、本末を転倒してはならない。思想とは本来、無署名のものであることを知っておきさえすれば、理想主義者トルストイが夫婦喧嘩のすえ、汽車に轢《ひ》かれて死んだ……などということはいっこうに騒ぐに足らぬことだと、いうことがわかります。あいつア人殺しだが、あいつの人道主義の説教はなかなかいいぜ、というくらい、徹底した言行不一致をたてまえにして始めねばおそらくいっさいの思想運動などは育たないでしょう。

ところでアメリカのわたしの息子にも一言注意しておきますが、つまらんことは自慢せぬがよろしい。アメリカまで行かなくっても、夫の出張中の奥さんのベッドの下に靴をそろえて脱ぐことは、近頃本国でも毎日、新聞記事になってでています。あまり宣伝すると、刃傷沙汰のもとになるということを知って、すこしは控え目に話す方が利口ですよ。

お墓に青い花を

中国にあった「泣き男」の風習というのはわたしは好きです。だれかが死んだってそこらへお金を貰って泣きに行く、というのはなかなかドラマチックで謹厳で、趣きがあります。

死んだ男が大犯罪者であろうと、無用者であろうと因業な金貸し親父であろうと……、かれにとっては、それは「知ったこっちゃない」のです。

要するにかれはビジネスで泣きに行くのであって、葬式場で、契約の一時間を号泣したら、あとはケロッとして焼き鳥なんぞをモリモリ食っていればよろしい。そして、葬式の参列者たちはかれの号泣によって、かなしみのムードを醸成されて、みんなよよと泣きくずれていく。

劇には開幕の瞬間というものがあって、幕があがったときから、劇の世界が現出するわけですが、「泣き男」というのは、いわば日常の劇の幕引き係りのようなものであります。加藤道夫の戯曲に『思い出を売る男』というのがあって、これも泣き男同様、目に見えないもの、すなわちメタフィジックなものを売る商売人のことをあつかったドラマでしたが、これは何のことはない。歌を売ってお金をとるというだけのものでした。したがって「思い出を売る男」は、つねに「思い出を買う男」の外側にいて、うたいつづけるだけであって、それは口寄せをするときの巫女《みこ》のように、他者としてしか意味がなかった。

ところが、「泣き男」はいっしょに泣く。この「いっしょに」というところがわたしにはなかなか面白くおもわれるのです。

おそらく、泣いているときの「泣き男」は、自分が誰のために、何のために泣いているのか……ということなどは考えないでしょう。そして、生理を知的に操作できる自分にいくぶんの誇らしさを感じながら、職人意識に徹底して泣きつづけるでしょう。わたしは中国人（というより、この風習はむしろ清の時代のものでしたが）の、こうした儀式への嗜好を愛します。

そうして、ある一定期間に、感情を凝結させて（人まで雇って）ワッと発散し、あとはケロリと忘れてしまう、ということが何とも羨やましいかぎりだ、と考えるのです。

そこで、わたしはいろいろの記念日というものについても考えてみました。老人の日、父の日、母の日、交通安全の日、エトセトラ。一年のうちにある一日が老人の日であるならばのこりの三百六十四日は、老人以外の人の日であっていいかどうか……ということなどは問題のほかです。すくなくとも一年のうちの一日でも「老人」のことに心を寄せられるならば……いままでのような三百六十五日が老人以外の人の日であるよりは、一日分だけは改良されるわけではありませんか。そしてもし、その罪ほろぼしによって、他の日は平常以上に老人につめたくあたる……という傾向がつよいならば、そうした心に便乗して、「犯罪の日」を提案したいとおもうのです。

これは、一年のうちの一日だけを「犯罪の日」として、あらゆる犯罪を公認にする……というものです。この日は不義、不貞、殺人、放火、強盗、スリ、万引、何をしてもよろしい。

日頃人からにくまれている搾取型の資本家は、その日だけは防空壕か何かにひっそりと身をかくしておればよいのです。そして、混乱をふせぐために、「犯罪の日」に自分のしたい犯罪を、十日くらいまえに最寄りの区役所へ登録しておきます。

十五歳の、ロリータのような少女を強姦しようとおもったら、そのむね登録しておけば許可証がおろされ（もっとも、桎梏のない犯罪、禁断のない犯罪などはたのしみがありませんから区役所では、被害を予測される者に通知を出して、逃げさせればよろしい）、無届けの犯罪には、平常どおりの取りしまりがおこなわれればよいのであって……、この日だけは一年じゅうでいちばんニギヤカな日ということになります。この日には、犯罪オリンピック的に、みんなが悪事を競いあい、もっともひどいことをした者には赤坂の「日本犯罪センター」の悪事の殿堂に写真と肖像画を展示しておいてもいいでしょう。

すると、すくなくとも、一年のうちののこりの三百六十四日は犯罪はいままでよりもすくなくなるはずではないか、とわたしは考えたりするわけです。

まあ、こうした極論をべつとしても、ある一定期間に人生を凝縮する、儀式をすすめる気持ちはわたしの本心であることはまちがいありません。すくなくとも、人は誰でも、「悪の愉しみ」への強い欲望を持っているのであって、日頃、それを小出しにして嫁いびりや、サギや痴漢になりさがるわけですが、そうした悪をまとめて儀式的に発散するパーティとか、「犯罪研究会」のようなものが、道徳の過渡期には必要である……と考えられるのです。

紙の血

わたしといっしょに悪事に耽《ふけ》りましょう、と誘いかけたところ、いろんな人からお手紙をいただきました。(わたしは、いまさらながら世のなかには悪いことへの欲望を我慢している人が多いのに驚いたわけですが)。……なかからちょっとかわった手紙を紹介しましょう。

その手紙には切手が貼ってありませんでした。郵便屋はわたしの玄関で、二度ベルを鳴らして、料金不足分を二十円とっていきました。

わたしは、名に覚えのない差出人からの手紙に二十円も金をとられることに忌々《いまいま》しさを感じながら封を切りました。

すると開口一番、

「切手を貼らずに失礼しました。二十円損をされたでしょう。貴殿が二十円払っている時の顔を想像してホホ笑む者である」

と書いてあったのです。

これにはさすがにわたしも何だか一本とられたかたちで読みつづけると、

「ぼくは悪いことをしたいのです」

そこで、寺山さんの結成せんとする犯罪グループに、もしいれていただけるならば、そのとき自分の名前は（川田富）として欲しい、つまりこの名は現在自分が、この世で殺したいとおもっている者の名を合成して作ったものだ……と注釈がつけてありました。そして、この（川田富）さんの会員番号としての希望は五五五五五番がよい……、というのです。わたしはフムなかなか面白いご仁だ……とおもって、つぎの便箋をめくりました。すると、そこには、「もし、誰にも何ともいわれず、捕えられたりしないならば、ぼくはつぎのような悪事をしたい」と断わって、

一、大学入試前に問題を全部見たい。
二、すべてのものにただ乗りしたい、汽車、船、飛行機、女。
三、日本銀行に盗みに入りたい。

という三項目が書いてあったのです。わたしはがっかりしました。

何ということだ。こんなチッポケな悪事の願望なんか、一人のオカマの男色思想にさえはるかにおよばん幼稚なるものではないか。

だいたい、希望番号が五五五五五……ということからして、ふだんは五のすくない成績

表をもらいつけている受験生なのでしょうが、「女にただ乗りする」ことが悪事だなんておもっているなんてくだりは、まさにホホ笑ましいかぎりではありませんか。

女とは当然ただ乗りするものであって、その点に関してはダフニスとクローエの古典的牧歌的な恋から、現代の風俗的な恋のドラマ『あの橋の畔で』の光晴と葉子まで、すべて金を払ったりせずに「乗ったり」乗りそこなったりしているのがそのデテールになっているのです。

それに、だいたい、金を払おうが払うまいが「女に乗る」なんてことは悪事の一かけらとも関係のないことなのです。もし、何でもよいから、悪事をしようとおもい立ったとしたら、それはまず、「何が悪であるか」ということの認識が必要になるのであって、たとえばすべて許されている時代においての悪の意味を知ることが問題になってくるのです。

ドストエフスキーの『罪と罰』におけるラスコーリニコフという殺人犯の苦悩が、大戦中、大量殺戮《さつりく》を経たわれらの時代にとって、同質の重みがあるとはおもえませんが……、悪をたんに反法律的と考えないところにだけでも注意して見てください。わたしは、たとえば、いま人間の肉を食べてみたい……とか、夫の見ている前でその妻を姦してみたい……とかを仮に考えていたとします。しかし、その場合の理由は何なのであるか。

と自問してみると、けっして人間の肉が美味しいからではない……ということだけははっきりしています。中華第一楼の鴨料理の方が、六十歳ぐらいのトラホームの老婆の人肉などよりはるかに美味しいにきまっているのに「人肉を食べてみたい」とするならば、それこそ「悪」への一つの嗜好をあらわします。それは（川田富）さんの「したいことが、たまたま合法的でなかった」というのとちがった火傷《やけど》のような、痛々しい快楽のめざめを意味するものです。そして「悪」のイミのわからない人にはいわんや「善」をや……、ということになるのはもちろんです。たとえば、（川田富）さんは、もし「誰にも何ともいわれず、捕えられたりしないならば」といって先の三項目をあげたわけですが、「許された悪」などに何の快楽があるものでしょうか。

誰かにとがめられる、罪の十字架にかけられる……という不安こそが、悪を生き生きとさせるのであって、ジャン・ジュネに逢ってきた桂ユキ子さんに聞くと、ジュネはいままで泥棒をはたらいて身をかくしている……のだそうです。ジュネこそは正に「わかっちゃいるけど、やめられない」という心境なのでしょう。感動的なことです。

答案を事前に知りたい、などといわずに、いっそ大学全部を爆破したい！　などと考えてみたらどうですかね。

わが愛する（川田富）さん！

禁じられた指輪

姦通はなぜいけないのでしょうか？　わたしたちは「恋愛の自由」ということについては等しく意見の一致を見るのに、なぜ「姦通」となると、不義不貞といって責めたり、よろめきといって軽蔑したりするのでしょうか？

そのことについて考えてみたい、とおもうのです。

たいていの場合、結婚するときまっている二人の交際には恋による真の愉しみがすくないのが普通です。なぜなら、恋愛には常に不安がつきものでなければならないのに、……結婚を予約された二人には不安よりも未来像の方が先行しているからです。「許された恋」には、不安がない。もちろんそれにかかわるものがあることは確かですが、……共通の理想にむすばれた若い男と女には、広義の人間的な愛はあっても、恋による哀歓はない、というのがわたしの考えです。

そこで文学で、すぐれた恋愛作品は「禁じられた恋」ばかりを書くようになった。『ロミオとジュリエット』から『君の名は』まで、うたわれたり読み継がれたりしてきたほとんど全部の恋愛作品は、禁じられた恋の恍惚《こうこつ》と不安が主題になっているといってもいいすぎではありません。

ただ、何によってその恋を禁じられるか？　ということだけが、それぞれの時代的な状況によって変遷してきているわけです。かつては「家」が厳然たる力をもっていて、親の反対、ということが恋を禁じる力であったこともあります。

逢いたさ見たさに怖さも忘れ
暗い夜道をただひとり
逢いに来たのに何故出て逢わぬ
ぼくの呼ぶ声忘れたか
あなたの呼ぶ声忘れはせぬが
出るに出られぬ籠の鳥

大正時代に沢蘭子、歌川八重子の主演で大ヒットしたこの『籠の鳥』（芦屋映画）でも「籠」というのは古風な家制度の比喩になっています。そして、その後の政治的変化とともに恋人たちを禁じる、恋人たちを引きはなす大きな力は、「家」ではなくて、むしろ「戦争」になりました。戦地へ行く青年が、内地にのこる恋人に「ああ、復活の前に死があるね」、といいのこした有名なロマン・ロランの『ピエールとリュース』なども、わが国では『また逢う日まで』（東宝映画）という題で映画化されて、禁じられた恋の一つのスタイルをしめしたものですが……、出征は、避けられない恋人たちのクレヴァスになった。健康な恋愛作品が創造されるためにはたいてい、こうした桎梏、禁制が前提になっていたわけです。ところが、「家」制度の崩壊、戦争のない時代の到来とともに恋を禁じるものが極端にすくなくなってしまった、恋愛作品を育ててゆく時代的状況が乏しくなってしまった、というわけです。

そこで、他人の奥さんと恋愛をする、という禁制に、あらゆる恋愛作品が集中し、よろめきブームが生まれてきました。そして、姦通作品にあっては、他人の奥さんを盗る方はいつも、ウロンスキー公爵のようにカッコいい紳士であり、盗られる方はカレーニンのように退屈な男である……、というステロタイプまでできてしまったようにおもわれるのです。しかも、『アンナ・カレーニナ』は読むほどに恋の恍惚と不安が、ロシア貴族社会の諸種相を背景にしてみごとに描かれてあり……、素晴らしい芸術です。「貞節とは、情熱の哀情である」というロシュフコオの言葉もあるのだから、真に恋に忠実ならば、姦通もまたいいではないか、と考える人もいるかも知れません。

しかし、わたしは「姦通」にかならずしも大賛成とはいえないような気もするのです。なぜなら、夫に経済的生活を委ねておいて、肉体的（あるいは精神的）生活だけを恋人に委ねているならそれは二重契約だからです。夫の働いたお金で生活しながら、恋人へ肉体を提供する……というのはサギではないか、という見方をすると、他の禁制と、不義による禁制のちがいがでてきます。つまり「家」の反対や、「戦争」による反対は悲劇的なのに、「姦通」がつねにユーモラスでさえあるのはこの give and take の不均衡から生まれたものだと考えられます。ボヴァリイ夫人が、夫シャルルの経済力によって生活しながらレオンやロドルフと情事をたのしむのは、つまりこのシャルルの「経済力によって生活を支えられている」というところに問題がある、といわねばならないのです。

厄介ばらいの論理

ここにたいへんユーモラスな詩があります。

ビートニックの詩人、グレゴリー・コオソの詩で「結婚」という題のものです。

——彼女がぼくを両親に紹介するとき、
背中をまっすぐにして　髪をはじめて梳《くし》けずり　ネクタイで首しめられ
尋問椅子にひざそろえて腰かけ
トイレ　どこですか？
なんて聞いちゃいけないだろうか？
ほかに考えることもなく

スーパーマン石鹸《せっけん》のことばかりおもっている
なんておそろしいことだろう
彼女の家族の前にぼくは　腰かけ
その家族はおもっている
「この人見たこともないわ！　うちのメアリ・ルーを欲しいんだって！」
お茶と手製のクッキーのあとか
彼らはぼくに聞く　お仕事は？
話すべきか　話したらきらわれないだろうか？
まあいいさ　結婚しなさい
「娘は失うけど　息子ができるんですもの！」
そういわれたら
もう　トイレどこですか？
って聞いてもいいだろうか？

（二十九歳のこの詩人は、ニューヨークの貧民街で生まれて十七歳のとき窃盗罪で、豚箱入りの経歴を持つ詩人です）

ところで、ここに抄出した詩は、恋人とはじめて墓石に腰かけ接吻ほか「予備行為は全部」したのですが、なかなか結婚にふみきれない……、ということを書いた詩です。そして、けっきょくは「たったひとり　六十歳になっても　結婚せずに　家具つきの貸間に下着に小便のしみをつけて」、それでも独身でいるだろう……、などとイカサナイ空想をしているところで終わっているのですが、この詩人の、見てしまっても跳べない思想の臆《おく》病《びょう》さは、愉快ではありませんか。

——わたしは、けっして経験が万能だとはおもいませんが、まだ厄介ものになっていない妻の予定者を、いろいろと「厄介になるであろう」とおもいこんで何ら経験してみようとしないでいるこの詩の主人公の自己分析をわらうものです。

「おお、離婚の聖者！」とコオソは詩のなかで謳《うた》っていますが、離婚というのは、結婚しない人にはできないものなのです。

たしかに結婚生活というものには、さまざまな厄介者を生みだす。だいたい、家族たちというのはほとんどそうであり、それに妻だって時には「厄介品」であることにはかわりありません。しかし、結婚もできずに、

「おお、ぼくパパになる！

クリスマスの歯！　きらめく脳天！　リンゴッポ！
　神さま　どんな夫にぼくなれるか！」

などとわけのわからぬたわ言をワメイテいるコオソの詩の主人公の方が、よっぽど自分自身をもてあましている厄介的存在だということが、いちばん問題だとおもうのです。

　自分自身が自分の厄介品だ、なんてのは実際笑わせる。しかも、人はたいてい、毎日歯をみがくようにして「厄介附属物」をしまつしていないかぎり、すぐに厄介品扱いをされてしまうのが、現代の特色のようであります。


　自分の身のまわりには、まだ、し忘れている厄介ばらいはないか、ということを考えてみてください。

　そのことのために、自分がやりたいこともできずにいる、というものがあったら、すぐに払ってしまう必要があります。わたしがいま、「表現座」という劇団の友人たちと作っているイオネスコの『アメデー』という芝居などは、その「厄介ばらい」の仕方を喜劇にしたものですが、それはこういう筋です。

　アメデーという中年の劇作家がアパートに住んでいるが、この十五年かかって、戯曲の原稿がたった一行しか書けない。

しかも「うまくいくかね？」という出だしの台詞を一つ書いたっきり、いっこうに原稿がさきにすすまぬ原因は、じつは隣室の「厄介もの」のせいなのです。

厄介もの……というのは、一個の死体ですが、届けでるか、捨てるかを十五年前の早いうちにしてしまえばよかったのに放っておいたら、死体は古くなってカビてキノコが生えてきた。しかも怖るべきことは、その死体が日ましにすこしずつ、すこしずつふくれておおきくなって部屋いっぱいになってきてしまったので、いまさらアメデーは、しまつする手をおもいつかないのです。

このふくれあがる死体が、親兄弟のアレゴリーなのか、またはおもい出のようなもののアレゴリーなのかを考える必要はありません。しかし、あなたの身のまわりには、日毎ふくれあがってくる死体のような「厄介もの」はないか。また家族にとって、あなたの存在はその死体のようなものではないか。

……そのへんぐらいはよく考えて、もし死んでいるならすぐに息をふきかえそうと決心せぬかぎり、あなたの体にも、キノコが生えてくるかも知れないよ！

サド情話

変な見出しをつけました。

寿々木米若の浪曲ともとれるし、十八世紀フランスのサドの、未公開秘録ともとれます。わたしの知っている女流詩人などは、こうした語呂合わせにひどく凝っていて、ウインナ双生児などという作品を書きました。

ウインナ双生児。サラミ双生児。

何となく愉快な題です。

先日、神田の古本屋を歩いていたら『阿部定における精神分析的診断』という奇書があったので、さっそく買ってきて読んで見ました。これは、わたしの生まれる前に出版されたもので表紙にはビアズレー絵など刷ってある、きわめて趣味性の豊かな学術研究書でしたが、なかにわたしは愉快な語呂合わせを発見することができたのです。それは、当時の阿部定の、加虐性欲を評論家たちはサドのサディズムと結びつけて考えていたことです。

男性の性器を切断した阿部定のサダ・イズムと、フランスの侯爵で思想家のサド・イズム。

これを並べてみて「何と名が似ているではないか！」というのが評論家たちの意見でした。

わたしはじつにユカイでした。

ところで、今回のわたしの書きたいことは、一通の読者の手紙への返事のかたちを借りることになりました。つまり東京の森三郎さんの手紙への返事を書くことになるのですが、わたしの思想、わたしの主題と密接にかかわりのあることでもあります。まず、森さんはこう書きます。

「あなたは何の目的があってこんな文章をお書きになるのですか？　気狂いでもないかぎり、あなたが真実悪事を求めるわけはないでしょう」

このうち、最初の部分、つまり、わたしの本稿の目的は、新しいモラルの発見ということであり、自分自身を自由にするための思索と行動のすすめ、ということになります。つづいてつぎの部分、「なぜ、悪を問題にするか」ということですが、わたしが問題にするのはまず「悪とは何か」ということなのです。

神のいない現代において、悪とはいったい何であるのか？　そこから考えてみる必要があります。

法律がもしも、神の役割を果たすならば、法律に背くものは「悪」でしょう。しかし、法律というのは、人によってつくられるものであって、道徳的な悪の規範は測りがたいものです。

つまり、法律に触れないものはいっさい悪ではないのか、というと、そうともかぎりません。たとえば旧憲法下では、親が子を食い物にしても、家族制度を紐帯にした国家社会ゆえ、「悪」とは、考えられなかった。しかし、親に犠牲にされて吉原に売りとばされた合法的売春婦たちの現実はいったい、「悪」ではなかったか、どうか、ということが問題です。

法律とはたいてい、その社会の体制に適合させてつくられるものであって、内なるモラルとはまったく関係がない。つまり善悪というものを、人間の道徳で測ろうとすると、法律は絶対ではない……ということです。

そこで、わたしがさまざまな事柄を（森さんにとっては悪ともおもわれることを）すすめたのは、日常において悪だとおもっていることのなかに善があって、習慣化している善行のなかに悪があるのではないか、と自問することをすすめたに他なりません。なぜなら、みずからを問うことなしに新しいモラルは生まれっこないからです。

さらに森さんは「あなたがたんに、知りたいという欲望を満足させるために悪を追求した場合、一時的にせよ、わたしたちの『幸福』が大きく脅やかされるならば、価値はないとおもいます」

と書いていましたが、森さんのお考えになっている「幸福」の意味がよくわからないので、これは答がむずかしい。しかし、その後に森さんは「高校生がサドの行為を実行するようになったらじつに危険なことではないでしょうか」

といっております。これはいいたいことはわかりますが、しかし正確ではありません。マルキ・ド・サドは十八世紀のフランスの文学者で、思想家です。そしてフランス革命の楽天主義的なムードに「弁証法的無限否定をし、反抗した」人であります。したがって、森さんの危惧しているのは高校生や大学生が、サドの文学のなかの登場人物のようなことを実行するようになったら……ということでしょう。しかし、お読みになればわかりますが、サドの小説は非常にアレゴリカルであって実践はほとんどまったく、物理的にもむずかしい。それに、不用意に他の人びとを傷つける、ということはありませんし、好奇心の実践者でもないのです。

第一、あんな趣味的な性生活に耽るにたるほどのお金持でアイデアのある人が、いまの高校生にいるとはおもえませんし、それにそうしたとしてもそれはあなたに何ら害をおよぼすものでもありません。

そこで、わたしは森さんに逆に質問したいのですが、あなたがいま、自分の「幸福」を守ろうとしていることが、人をけっして脅やかしてはいないだろうか。

あなたがいま、心から信じている幸福の秩序というものは、真にあなた自身を充たしているだろうか？　ということです。一つのことを信ずることが、他を裏切ることだろうということを知らずに、誰が悪について語ることができるものか、というのが、わたしの森さんへの返事になります。

鼻論

わたしは人の悪口をいうのが大好きです。

それも本人の前で堂々とやるのではなく、その場にいあわせぬ誰かを、きわめて多角的にののしり、罵倒するというオーソドックスな悪口のいい方が好きなのです。

小学校の頃は、先生に、アリューシャン・ゴリラとかハナミミズとか仇名《あだな》をつけては悦にいっていましたが、やがて「うしろべんてん、前びっくり」とか、「一筆啓上、禿どんどん、おいおい薬罐《やかん》になり候」といった悪口唄を歌うようになり、しまいにはでまかせの悪口唄をつくっては流行《はや》らせるようになりました。

（ところで、わたしが悪口をいいながら、いつもイマイマシクおもうのは、悪口をいわれる相手の先生や上級生がいっこうにわたしに関心を持っていないらしいということでした。

そして、わたしが「如何《いか》にしてあいつの悪口をいうべきか、いってやるべきか」とさまざまに意匠をこらし、想を練っているのに、相手がわたしのために何もしてくれないのは、何となく損をしているのではないか。
……とおもい始めるようになりました）

だいたい、他人の悪口をいうというのは、サーヴィス行為であります。いいながら、自分もすこしは爽快な気分になりますが、いわれる相手がつねに主役であり、いっている自分が脇役であるということをおもえば、「いわれている当人」ほど爽快な気分とはいえません。

キリストは、「右の頰を打たれたら、左の頰もさしだせ」といったそうですが、これは「右手で百円もらったら、左の手もさし出せ」というのと論理的にはおなじであり、かなり物欲しい訓えであるようにおもわれます。

だから、悪口をいわれたら、悪口をもってこたえねばならない。それが友情であり、義理というものであります。

悪口をいわれっ放しでいる傲岸さは、けっきょくだれにも「悪口をいわれないような、つまらぬ奴」になってゆく危険があります。しかし、現代にあって、人に悪口をいわれぬような人とは、おそらく無能な人であろう、というのがわたしの推理であります。

アーサー・ミラーの『セールスマンの死』という戯曲のなかで、中年のセールスマン、ウイリー・ローマンが、息子に期待をかけて、

「そうだ、ビフ

いまの社会で成功しようとおもったら、人に嫌われちゃいかん。

皆に好かれなくちゃいかん」

というようなことをいうくだりがありますが、それは本当は滑稽《こっけい》なまちがいなのであります。そしてそんな処世訓に囚《とら》われていたために、彼ウイリー・ローマンは一生うだつのあがらぬままで死んでゆくことになるのであって、人間には本来確実な評価など存在しようはずはなかったものでした。

悪口……、実は、これこそ、人間を変革してゆくエネルギーの源泉であります。そしてこれこそ社会を有効にしてゆく一つの条件であります。

そうと知ったら、当然皆がほめるような奴になるよりも、悪口をいわれるような奴になること、それが出世の秘訣になってきます。そして、そのためには、まず、あなたから悪口をいうことが必要である、ということを試みなければいけなくなってくるのであります。

さあ、この本を読み終ったら、まず当面の身近かな人に、さっそく悪口をいってみてください。

博物館で殺された

グロテスク博物館というのを見学してきました。これは日本大学の大学祭で、映画科の学生たちがつくったもので、普通の大学祭の展示会などとはまったく趣向をかえた……、観客は見学するのではなくて「体験」させられるべきなのだという約束のもとに催された一種の「儀式」のようなものなのでした。わたしは足立君という、ここのリーダーのつくった映画『椀』という作品を高く評価していたので、この儀式に勇んで出かけていったというわけです。

まずわたしたち、見学者は、会場に入ると、出口を封ぜられてしまいました。(つまり、木でできたドアや非常口はすべて釘《くぎ》を打ちこまれ、抜いてもらうまでは、外へでられなくなってしまった、というわけなのです)

そして、会場はまっくらでした。なかには男の観客が五、六十人、女の観客が二、三十人(いずれも学生たち)入っていました。天井から照明のかわりにぶら下がっているのは、脳味噌《のうみそ》をとりだしてしまった牛の頭でした。そしてそのなかに立っている真赤なローソク? のせいで、わたしたちは辛うじて、会場のなかを手さぐりで歩くことができたのです。

よく見ると暗闇の片すみに、磔刑にされた一匹の、首のない牛がいました。あちこちに蠢《うご》めいているのは兎や、子猫のようでしたが、よく見るとわたしの足許を数えきれないほどのイモリが這いまわっていました。わたしはさすがにギョッとしました。蛇《へび》が祭壇の柱を、下から上へ這い昇ってゆくさまも異様なものでしたが、スピーカーから流れでる「甕《かめ》の中には白い骨がある。骨のなかには白い血が流れる」というような呪文とも詩ともつかないような言葉も異様なムードを持っていました。

骨がきしるような音楽がきこえ、祭司たちが凶器をもってあらわれると、照明が真赤に祭壇の前を照らしだしました。

最初に殺されたのは山羊《やぎ》か犬でした。

それは、映画『世界残酷物語』のように鮮やかには死なず、しばらく痙攣《けいれん》してから死にました。そしてその内臓がひきだされて、祭壇にそなえられるや、大虐殺がはじまったのです。

ある祭司はイモリを一匹ずつ手づかみにしては壁に針で打ちこみました。打ちこまれたイモリは血をながし、それは象形文字をおもわせました。

ある祭司は兎を縛《しば》りつけて、腹を裂き、生きたままで内臓をあらわにしてそれをピンセットの先で愛撫していました。また、ある祭司は血まみれになって、死にかけている犬にとどめをさすべく蹴ったり、殴ったりしていました。たちまち血の匂いが暗闇に充ちわたり見学者の煙草《たばこ》のけむりはもうもうとあがり、「地獄」が現出しました。気の弱い女子大生は会場の片隅へ行って嘔吐していましたが、その吐瀉物のまわりをもイモリが這いまわっていました。切断された蛇を焼鳥のように一本の串《くし》にさして若い祭司は跳ねまわり、それにあわせてリズムをとりガムをかんで見ている女子大生たちもなかにはいました。たいていの見学者は「こんなことじゃ、おどろかねえや」、といった顔で見ていました。
火に焙《あぶ》られて焼けてゆく鼠の悪臭。そしてますます高鳴ってくる音楽。藁《わら》のなかには腕がころがっていました。人間の腕か？　と見ると、どうやらそれはマネキンの腕らしい。しかし、それは手で触れられないところにあるために確かめて見るわけにはいきませんでした。（後で聞いてみると、この最高潮の場面で、全裸の女が躍りでて、アメノウズメノミコトばりに祭壇の前で踊ってみせることになっていた……というのですが、これは大学当局から止めさせられた、ということでした）
わたしは、このグロテスク博物館で、たっぷりたのしんだわけですが、しかし、ここには二つのものが欠けていたようにおもわれてなりませんでした。二つのものというのは、「猥褻《わいせつ》」と「恐怖」という概念です。なぜなら、この暗闇にたっぷり二時間以上、見知らぬ男女が軟禁されていながら、男学生の誰ひとりとして女学生のお尻にさわろうとしたり、とびかかろうとしたりはしなかった、ということであり、それはかれらがきわめて正気の見学者であったが、体験者ではなかった、ということを証明しているからです。ある女学

生は、

「わたし、期待してたんです」

と冗談のように不満を洩らしていましたが、案外この辺に観客の本音があったのかも知れません。つまり、限界状況での快楽が、たんに「見る」という客観的な形ではなく、もっと祭典参加者たちの変なリゴリズムをとり払ったところでくり広げられるべきだったとおもわれたのです。

さらにもう一つの不満。これはきわめて決定的な不満になるわけですが、兎や犬を殺す祭司たちがちっとも怖がっていなかった、ということです。しかし、恐怖をともなわない殺害は、「小児性欲」的であって、真の快楽とつながるものではありません。

ふるえる手で猫をしめころすところに、真の黒ミサの、自由への人間らしい欲望がひめられているのであり……、それを見るものの驚きがあるはずです。そして、この恐怖のなかにこそ現代を生きるもの、われわれの真の、日常破壊の論理がかくされてあるのではなかったでしょうか。

落書しよう

大学の便所の落書をあつめたのが、国立国語研究所監修の『言語生活』(一二六号)にのっていました。

それはたとえば、

「君、どうしてそんなに禿げているの？」

「心配ごとがあるからだよ」

「どんな心配ごとが？」

「頭の毛が薄いという心配ごとがあるのでね」

←　コンナ最低ノセンスを持ッタヤツガ居ルトハ！

←　そうだこいつはバカだ

←　オレモソウ思ウ。コイツハ馬鹿ダ

←　どうしてこんなに馬鹿なんだろう！

——と、連鎖的に発展している、論争形式のものが主でしたが、なかなか考えさせられるものがありました。わたしが大学生だった頃、やはり便所の落書を読むのが興味深くて、いつもちがう便所へ入るようにして（ちょうど、レストランでメニューの品を一わたり食べてみるように）いろいろ落書鑑読のために便所めぐりをしてみたことがあります。そして、そのときに何よりも意外におもったことは、大学の便所にはセックスにかんする落書がまったくすくない、ということだったのでした。

これが上野駅の公衆便所とか、目白の川村女学園前の公衆便所になると、ガラリと様相をかえ、ギンズバーグの詩そこのけの写実主義や、島倉千代子に想いを遂げる空想のリアリズムになりかわり、挿画まではいるのですが、大学の落書は、なんて生真面目なんだろう。

そうおもって、おおいに失望したのを覚えています。

たとえばわたしの母校大学の便所の落書は、

「内的自由と外的自由と
混同してはならぬ
望む者に内的自由が
ないことがあるだろうか
←
便所の落書は
内的自由か？」

といった調子のものが大半でした。ここには、長い間書きたいとおもいながら書く機会を得られなかったことを「書く喜び」などまったくなくて、読む者を意識した、作意だけが感ぜられます。

これはちょうど、大阪駅前の曾根崎警察署の、民衆のための落書板「腹の立つことや、社会への提案など、おもったことを何でも書いてください」という白板に、痛快な落書がないのと同様おおむこうのウケを狙《ねら》ったために、落書として堕落してしまったせいだと、おもわれるのです。

だいたい、人前で大声でいえるような大義名分を落書するような奴は、自分の存在が、画一的社会用具になってしまっていることを意味するものであります。

受けとる者がどうとろうと、他者を意識せずに書く歓びだけに没頭できる、純粋に反文学的な記録が落書であり、それを、日記などという保存品にではなく、群衆の糞のたまり場に排泄してくるところに、落書の面白さがあるのです。

大学の便所の落書にいちばん多く登場するのは天皇であり、街の公衆便所の落書にいちばん多く登場するのは、おスタちゃんだった……といわれております。しかし、ここには「共に皇族」という点の他には、まったく何ら共通性はありません。

なぜなら「天皇の存在価値は何か、合理性に秀でた戦後派青年よ此処から考えよ」といった大学生の観念的な落書は、公衆便所のおスタちゃんの（ここには再現しかねるような）素朴写実の性的空想美学にくらべて、何ら批判性を持つものではないからです。

わたしは、学生運動のなかにある、最近の停滞の原因の一つには、やはり、便所の落書にまで欲望を規制してしまうような退屈さが、大きくあげられるのではないかと、おもっています。

もっと、のびのびと落書もできるようなのびやかな精神こそ、青年の権利であり、すべて人間家族の権利なのではないでしょうか。

（これは、余談になりますが、わたしは以前、北海道の函館の、さむい、鷗《かもめ》が啼き、板の破れから荒海が覗けるような暗い公衆便所の落書をいまでもおもいだすことがあります。

それは陰惨な、取り返しのつかない告白ですが、鉛筆書きで、ほとんど目立たないように懺悔《ざんげ》されたものでありました。

「母ちゃん手おくれだ
殺してしまった」

しかし……それがどんな事件だったのか、犯人はもう捕えられてしまったのか、わたしはとうとう知る機会がありませんでした）

風吹けば桶屋が儲かるか

夕刊にはいろいろのことがでています。

たとえば第七面（昭和三十七年十一月二十八日附朝日新聞夕刊）をめくって見ても、「若い母子三人心中」「ロンドン空港に強盗」「中央線ではねられ即死」「スリがスリをおどす」などなどです。

そこでわたしはテーブルの上の受話器をとりました。そして、まったくおもいつきのでたらめ番号をまわしました。

「もしもし」

とでたのは若い女の人のようでした。

「じつは、ちょっと、おききしたいのですが」

「はいはい」

と女の人は答えました。

「今日、船橋で、母子三人が生活苦から心中したんですが……、新聞をもうお読みになりましたか？」

「ええ」

「どうおもいますか、あの事件」

「どうって、べつに……、ただ、お気の毒なことだとおもいますわ」

「それだけですか？」

「…………」

「あなたは、あの事件には、何の責任もお感じにならないのですか？」

「もちろん、責任は感じておりますわ」

そして、女の人は、「責任は感じているけれど、わたしの力ではどうにもなりませんもの」

とつけくわえた。

わたしはすぐに、その受話器を切り、べつの番号を呼びだしました。

あいにく、そこはおそば屋さんだったので、一度切って、もう一度かけ直すとこんどは中年の男の人がでました。

「もし、もし」

「じつは、ちょっとおききしたいのですが」

「どちらでしょうか？」

「××新聞社です……。じつは、今日中央線ではねられて、一人の女中さんが即死したんですが、ご存知ですか？」

「いやいや、知りませんな」

「はねられたのは三田村まさ子さんという二十八歳の女中さんで、小金井の無人踏切をわたろうとした時、ふいに国電が疾走してきたらしいんです。

で、もちろん、お知りあいじゃございませんね」

「知りませんとも」

「では、この死んだ女中さんのこと、……もっとおおきくいえばこの事件そのものを、どうお考えになるか、お聞かせいただきたいんですが……」

「何も感じませんな」

「そうですか。

じゃあ、この交通事故に、あなたはまったく何の関係もないし、責任もお感じにならないとおっしゃるのですね」

「責任？」

「ええ、あなたの責任ですよ」

「そりゃあ……、もちろん、責任は感じますよ。一市民としての責任はね」

ああ、そうですか。

なるほどねえ。

やっぱり「責任は感じているのか」そうおもうとわたしは何だかひどく愉快な気がして

きました。

もちろん、という力み返ったいい方はいったいどこからくるのか。それは、なかなか興味深い問題です。

そして、どんな人でも、こうした連帯感を潜在的につちかっているのか、と考えると、口笛でもふいて、肩でもポンと叩いてみたくなるような気がしました。

もちろん、きわめてシニックな意味をこめて、です。

わたしはそのあと、四人に電話をしてみましたが、答えはまったく類似したものでした。

中学生の男の子は、ベルギーのサリドマイド児殺しに「責任を感じている」といい、あるお寺の坊さんは「横浜の鉄材ドロ」に責任を感じているといいました。

少女は江田ヴィジョンの敗北に責任を感じているといい、問いつめられた気の弱いサラリーマンは、小津安二郎の芸術院会員推挙に、責任を感じていると答えました。

一億総責任の時代です。人たちは、きびしくみずからの存在が社会と連帯を持つことの責任を感じていて、植木等の映画『ニッポン無責任時代』は空前の大ヒットをしたのです。

わたしは、ここにいたってしみじみと孤独を感じないわけにはいきません。本当はあらゆることに「責任を感じている」人は、何一つとして責任を負わないことになってしまうのではないだろうか。そして、この幻のような社会意識は、きびしい孤立を媒体にしないかぎり、何の責任とも無関係なムード的責任意識にすりかえられてしまうのではないだろうか、と心配になったのです。カミュの短篇小説の主人公ではないが、さむい夜川に溺れる人を見てしまったら、とびこんで助けないわけにはいかないし、だからといって自分は泳げないし……で、結局、責任上、川のそばは通らないことにした……、という人たちによって成立しながら責任過剰の時代を生きている人たち。それが現代人たちの、とりわけ文明人たちの責任というよりは「うまく生きるコツ」になっているのではないでしょうか。

そしてわたしは、いまこそ、きびしく責任の意味が問われるべきときであり、「風吹けば桶屋が儲かる」式のイモヅル的責任の前に、風そのものといかに対決するかの問題をつきつめるべきだと考えたのでした。

どうです？

あなたはこの文章に責任をお感じになりますか。

第三章　反俗のすすめ

おんぼろ交響楽

日本で始めてのパンパンガールは吉原のおときさん、だということです。

わたしは、そのおときさんを昨日、銀座ガスホールのある会でちょっと見かけました。

そして、アンナ・マニャーニかメルナ・メルクーリばりのその風格にいささか圧倒されると同時に、その自信に充ちた「明るい顔」を実に頼もしくおもって見とれてしまいました。

本当のことをいうとわたしは、「明るい顔の娼婦」というのが、昔から好きだったのです。

（横山源之助は、マッチ工場や紡績工場の女工さんたちが、なにも売るものもなく、売春の自由さえ禁じられて、ついに性的暴動をおこすにいたった、日本の下層社会の暗さを指摘していますが……、わたしには、おなじ春を売るにしても、そうした悲壮感の極限で街頭に立っている「暗い顔のパンパン」よりも、一見、なんてたのしそうなんだ……というような「明るい顔のパンパン」の方が、はるかにスケールがおおきいのではないか、とおもうのです。

むろん、明るい顔といっても……、それが社会の不合理をすべて肯定しているために明るい……、というのではなしに、「顔で笑って心で泣いている」のでもよい。問題は、社会の歪みの「笑ってすまされない」状況のなかでも、笑っておられるような内なる力だけが、現実変革の力を生みだすことになるのだ……ということです。

わたしは「笑って人を斬る」という剣豪の方が泣きながら仇討をする侍よりもはるかに好きです。

そして、なぜ好きかといえば、それは前者の方がはるかに強く見えるからにほかなりません）

ところで、その、ある会というのは、正式の名称も「ある会」というもので、サブタイトルは「おんぼろフェスチバル」というものでした。

案内状を読めば会の内容はすぐにわかりますが、それは、

一、銀座新宿の花形演歌師のリサイタル。
一、紙芝居名人の実演。
一、今日の隆盛を呼んだ草分けのリバイバル・スターのストリップ熱演。
一、バタヤの作った映画。

といったプログラムで、ジプシー・ローズのようなリバイバル・ストリッパーから、無名の街頭似顔絵かきまでのオールスターキャスト公演でした。

わたしは、この会ではじめて、ギターの音楽にあわせた首吊りの実演？　から、バタヤさんの詩の朗読にふれ、その「明るい顔」に心うたれたわけですが、同時に、ほんのすこし構成意図過剰でセンチメンタルなのが気になりました。

いってみれば、そのレパートリーは、どれも型破りではあったが、どこか同情に包まれエレガントであった……、とおもわれるし、それに「笑って人を斬る」ほど、ユーモアが煮つまっていなかった……という気もしたのです。わたしは、暗い客席から、ステージの首吊りを見て、ぼんやり考えていました。そして、かれらのフェスチバルが、本来のフェスチバルとしての熱狂性に欠けるものは、もしかしたらブルジョアの人たちよりも性的能力において劣っているからかも知れない、とおもいました。

もちろん、性的能力は食物と適度の体操から成り立つものであって、ビフテキを食えない、かれらおんぼろ人生派が、上流社会の男たちよりも、その能力において敗けているのも、当然といえば当然といえるかも知れません。

しかし、わたしはその夜見たジプシー・ローズの肉体などは、やっぱり破壊力と大いなる笑いをもっていたとおもうのです。詩人の関根弘が、過日新宿の街角で、「ちか頃のストリッパーはおっぱいが小さくなった！」と歎いていましたが、たしかにこの「おんぼろフェスチバル」では、新しいおんぼろ派よりも、リバイバル派の方が性的スケールが大きかったたし、笑いも大きかったのではないか……、とわたしはおもいました。

この会の中心人物「平さん」こと吉村平吉さんという人をわたしは知っています。わたしは、平さんが大学をでてポン引きになった……ということに興味をもって、一度週刊誌を通して対談したことがあったのです。ところで、この「平さん」は芝居の非常に好きな人で、終戦直後、空気座の『肉体の門』のときのプロデューサーでもあったわけですが……、かれとわたしとは、ドラマが巷に拡散しているという点で意見の一致をみました。かれはわたしにこんな提案をしました。

「おんぼろ集団がテレビにでれば……、めいめいが台本を演ずるんじゃなく、アドリブで、ストリッパーが着替したり、やくざが仁義の練習したり似顔絵かきが怒ったり、演歌師が間違って唄ったり……、といった街頭での仕事を、ただやって見せるだけでも日常性をぶっこわすくらいのパンチをもっているとおもうんですよ。それにちょっとしたプロットをあたえるだけでもね」

わたしはそれにには大賛成でした。

そしてこの、おんぼろ交響楽が、テレビにのったらさぞユカイだろうとおもって大笑いしたものです。……どうか、おんぼろの皆さん。

そのへんのヴァイタリティくらいは、テレビにでる日まで、残しておいてください……と、おもい、わたしは「ある会」の受付にビタミン剤を買うくらいのカンパをして帰ってきたのでした。

話しかける日

人は変装する習慣を持つべきではないでしょうか。一人が一人として生きられない社会機構のなかで、せめて他の誰かに変身してみるために、休日にメガネをかけて、髪の型をかえて、「世をしのぶ仮の姿」でもってラヴ・ハントにでかけてみるような……、そんなおもいつきを実践してみるべきではないでしょうか。

仮面のパーティから仮装カーニバルまで、本来の「祭り」は、そうした自分の役割を忘れられるところに意味を持っていたものです。

職業を交換することは、この職能専門化した社会のなかでは、事故のもとになりますが、せめて人格の交換か、意匠の交換によって「他の人間になってみる」ということくらいは、冒険すべきではないでしょうか。

現代では変装は、ペテン師か刑事の特権になっていますが、むしろそうした日常に波瀾ある人たちよりも、そうでない人たちの方に変装の欲求が強くあるのではないか、というのがわたしの考えです。

きたないことを話す会。
はずかしいことを話す会。
いってはいけないことを話す会。
など、「話すことがたのしくなる」ような小さい会が、もっと開かれてもよいのではないでしょうか。そしてパーティがおわると人たちが去ってしまうように、話題もことごとく消えてしまうような会のなかに、カタルシスを見出せるような会こそが、口承文芸や、即興詩人の育った素地なのではないでしょうか。

知らない人同士が話しかけあっても、それが不良行為とおもわれないような日を一日設けて日本全国が、オープン見合いの日のようにしてみることも必要ではないでしょうか。

すこしずつ、記念日のように設けた「話しかける日」の発展によって、人たちはお互いに自由に知己を持ってゆく。

そうしたことが、始めはアメリカのヌーディスト・クラブのような形でしか評価されないとしても、それでもよいのではないでしょうか。

放し飼い

愚連隊は、なぜ「隊」であるのか。

やくざは一人単位では成り立たないのだろうか、ということが問題であります。

そこで、この「隊」(つまり集団)と、一匹狼との類比をもとめることで、中井正一の『委員会の論理』ばりに、愚連隊の性格をとらえてみようとおもいましたが、どうもうまくゆきません。本来ならば、愚連隊も、「利潤的集団的機関」であって、一人のやくざの内部と基本性格においてかわりはないはずなのですが、なぜ組織感を持っていないのか。

そう考えて、新宿である愚連隊青年に、逢ってみました。

かれは、鳥取の葬儀屋の次男坊で、家出してきて、東京深川のテレビ工場に働いていましたが、アルバイトでコールガール事務所の電話係をやったのが振りだしで、いまではソープランドをいくつか経営するボスの下に働く、ちょっとした顔なのです。

そこでわたしはかれに、「愚連隊の、隊的性格について」聞いてみました。

まず、一人の人間の目に当てはまるのが、愚連隊では「見張り」であります。そして一人の決意に当てはまるのが、愚連隊では「幹部会」、一人の怪我に当てはまるのが「パクられて欠員になっている奴」ということになります。しかし、一人の反省にあてはまるのは何か、といえば、「足を洗うこと」であり……、つまり、隊からいなくなる、ということになります。さらに、一人の場合の「思弁なるもの」は、愚連隊では「内輪もめ」または「ごたごた」ということになってゆくのです。

そこで、わたしは葬儀屋に、「けっきょく、一人の人間として深まってゆく過程をたどって、隊にあてはめてゆくと、隊は解散ということになってしまうな」

というと、かれは頭をかいてニヤッとしました。そこでわたしは、むしろ愚連隊にあっては組織的感覚というものよりも、「心身の関係における統制的調和」の方が、カッコいいものなのかとおもって聞くと、かれは、とんでもない。自分は、いまの組に属していることに、かぎりなき誇りを持っているのだ、と答えてくれました。

だが、それはたぶん、嘘でしょう。

わたしは、やくざ精神というものは、画一的傾向にたいする反撥として、おおかれすくなかれ、あらゆる「個人」のなかに根強く残っているものではないかと考えます。

したがってアマチュア愚連隊も、プロフェッショナル愚連隊も、自分が「愚連隊」として社会に参加するときだけは、一人でやらねばならない！　とおもうのです。集団が、有機的に、「新しい内の感覚」を生みだしてゆくとき、人はつねに、そのもう一方のオモリのごとく、この心身の平衡を考えてゆく必要があります。

つまり、反抗的人間として、歴史とかかわりあおうというときには、つねに愚連隊は一匹狼の群でなければいけない、ということを考えてみる必要があります。

愚連隊の組織のなかで、それぞれの能力にあわせて書記や会計ができていくのでは、他の会社となんらかわりないことになります。

しかし、愚連隊とは、本来もっとユニークな存在であったはずだし、森の石松も沓掛《くつかけ》時次郎も、その反逆精神を発露したときには「一人」だったことをおもいだしてください。

わたしは、葬儀屋の愚連隊を見ると、サラリーマン化して、「てなこといわれて、その気になった」やくざだ……、という気しかしないのですが、せめてもっと血なまぐさい孤立感をもって、肩で風を切って歩いてほしいというのは、しょせん高のぞみにすぎないのでしょうか。
（どうも、近頃ではプロ愚連隊より、アマ愚連隊の方が、はるかに集団のなかの個人としてのつよい認識をもっているようにおもわれてならない……、というのがわたしの感想であります）

許してはいけない

アフリカのある地方に、交互に仇討ちをしあって、二軒の旧農が家系断絶し、そのどちらにも関係のない老人がたった一人だけ生き残っている村がある、という話を聞いたことがあります。

わたしはその執念に感嘆し、まだ鉄道もない村の、陽なたに水牛のいるような村に、一人「目撃者」として、数十年間の相互殺戮《さつりく》を誰に語ることもなくひっそり暮している老人に逢って見たい、とさえおもいました。

ところで、世界でもっとも復讐心《ふくしゅうしん》のつよいといわれているのはイタリア人ですが、そのイタリア人も今では、目のさめるような復讐事件をひき起こすこともなくなりました。そ

して、

「イタリア人はけっして許さない。ただ、忘れてしまうのだ」と、いわれているわけですが、それでは日本人はどうでしょうか。

わたしの考えでは、日本人はイタリア人とまったくあべこべで、

「日本人はすぐに許す。しかし、なかなか忘れない」

という論理が成り立つのではないだろうか、ということになるのです。

わたしたちの周囲では、よく、「いいよ、いいよ」と、気易く許す風景を見かけます。たとえば大切なものを壊されたとき、借金をまるめこまれたとき……、といったトリビアルなことから、学生運動をふくむ反体制運動家たちが、みごとな体制側の裏切りに出逢ったときにでも、そうです。

たとえば、人はかんたんに自分でみずからの信条を裏切ることも許す。変り身の早さも、今では一つの現実的な思想形態であると、考えられるにいたった、というわけでしょうか。

（しかし、もちろん、わたしは、ここで貞淑な思想家以外は、自己復讐に価するなどといっているのではありません。むしろ、貞淑とは情熱の怠惰なあらわれ方である、というくらいであって「変り身」の遅い行動家は、いつまでも若秩父のように、三役相撲になれな

いでしょう。

それから、安保闘争のときの、一人の少女の死の仇討ちのエネルギーはどこへ行ってしまったのだ……と、潜伏しているかも知れない昭和忠臣蔵四十七士にハッパをかけようというのでもありません。敵役が、はっきりきまっていない場合の仇討ちは、わたしのもっとも苦手とするところであります）

わたしのいうのは、もっと日常的な問題になります。みんな、もっと復讐の血を、つねにあたためておかなくてはならぬのではなかろうか、「眼には眼を」の精神を、つねに持続しつづけておいて、執念によっても生きられるような息の長い生き方を学ぶべきではないだろうか、ということなのです。

わたしは、コーネル・ウーリッジの『喪服のランデブー』という推理小説を、逢う人ごとに推《すす》める奇癖をもっていますが……、それは、こういう話のものです。

毎日、公園でデイトしているみすぼらしい恋人たちがいます。

ある日、男がいつもより、五、六分おくれてゆくと、自分の恋人が死んでいるのです。死因は、飛行機から投げ捨てられたウイスキーの空瓶《あきびん》ですが、その飛行機に乗っていたのは週末の釣り旅行の帰りの、町の金持ちたちの一団であって、犯人はそのなかの誰なのかはわかりません。

そこで男は、飛行機会社へ勤め、その日の乗り組み客の名簿をしらべて、その全員に復讐してゆくのです。しかも、その復讐の仕方というのが、ただ殺してしまうような凡庸なやり方ではなく、敵に「最愛の人が死んだら、どんなに苦しいものか」とわからせるやり方。つまり、最愛の人をさがしだして殺してゆく……、という数年がかりの粘着力のあるやり方なのです。

わたしは、この男ジョニー・マーを愛するとともに、復讐という美学（きわめて人間的な）の復権を提唱したいとおもいます。復讐こそは、人間の自尊心を恢復させる唯一の可能性になり得ることでしょう。

あなたのまわりに、あなたがたやすく許してしまって、後悔しているような仇敵は、いませんか？

幻滅するかれら

あなたは誰かに期待していますか？

もし、誰かに期待しているとして、その期待は充たされるとおもいますか？

わたしは、期待する、という行為も一つの「充たされた状態だ」というふうに考えています。

トーマス・マンの『幻滅』に、生涯幻滅しつづけた老残の男がでてきます。かれは、火事に期待しすぎたために、ほんものの火事を見ても何の感動もできず……、海を渇望しすぎたためにほんものの海を見ても幻滅するだけなのです。（トーマス・マンの小説は、死について語った小説なので、かならずしも期待の大きい現代人を語るのにいい例ではありませんが……、しかし、現代では「期待している」人がじつにおおい）

アントニオーニの映画『夜』のなかでは、実業家と芸術家が、はげしく期待しあい、また死んでゆく人と生きのこる人がお互いに、はげしく期待しあいます。

しかし、人はなぜ期待するのだろうか？

母親は子に期待し、子が一人前になって鳥のように自分の許をとび去ってしまうと、「期待が裏切られた」といってかなしむのが慣わしになっています。

しかし、期待というのは、それ自体で一つの成熟であり、何かのための犠牲的準備期間でも、つぎの覚醒を待つ空白状態でもないのです。

「期待する」ということに期待しすぎると幻滅するものです。

そうわかっていながら、それでも歴史に、目のくらむような冒険に期待するのはおろかしいことだといわねばなりません。わたしの期待はわたし自身がいま在る、ということです。

これは空白状態ではありません。

この実際の手ごたえが明日を期待している、と感じるとき、やってくる、目のさめるような不意打以外に、何の期待があるものでしょうか。

にくいにくいブルース

明日は東京へ出て行くからにゃ
何が何でも勝たねばならぬ

パチンコ屋で村田英雄の「王将」を聞きながらチンジャラをやっている人たちに、「王将」という歌のどこがよいのか？　と聞いてみたら、十人のうち八人までが冒頭にかかげた部分をよいと答えてくれました。

明日は東京へ出て行くからにゃ
何が何でも勝たねばならぬ

というのは、家出前夜の心意気をうたった歌であり、これが流行《はや》るのは、「くたばれ、東京！」という地方人の文明嫌いな血が、やがて参画する競争を想ってさわいでいるからなのかも知れません。

わたしはこの歌をきくたびに、シカゴのネルソン・アレグレンの小説『朝はもう来ない』をおもいだします。地方出身で左ぎっちょのチンピラ愚連隊が、床屋で働きながらボクサーとして自己形成してゆく重いブルースのような小説は、地方出身のわたしを読むたびにいたく感動させたものでした。

わたしは根っからボクシングが好きで、浅草公会堂のゴミ試合の四回戦などにも、よくでかけてゆきますが、KOのあった夜は、ジムの出口の観客が、みんな「自分がKOしたように」肩をいからせて、眼をかがやかせてでてくるのです。

これは、試合の熱っぽさに感動したからだけではなくて、「自分のかわりに戦った」選手と自分とが混同されて、何となく自分も勇ましい気分になってしまうからなのでしょう。

ちょうど、それとおなじように、村田英雄の「王将」という歌にあっても、坂田三吉という棋客が主人公なのに、口ずさむ連中は「吹けばとぶよな将棋の駒」とは関係ない自分の歌だとおもいこんでしまっているようにおもわれてなりません。

ボクサーの大半は地方出身者ですが、「王将」のファンもまた地方出身者に多い。

ボクシングでは、みずからのパンチに自分の価値を賭けて闘う地方出身者の、はげしい力の背後に、暗い田園や、農村の因習の、「家」の桎梏が火花を散らして打ちこわされてゆくような迫力を感じることがあります。(ちょうど、ボクシング史上最強のボクサーの一人で、黒人で最初のヘヴィー級のチャンピオンになったジャック・ジョンソンが白人の侮蔑《ぶべつ》にたいする復讐心だけで勝ちつづけ——ついには、白人社会全体から毛嫌いされ、アメリカ全土を追放され、それでも「何が何でも勝たねばならぬ」といった心境を持っていたのと一脈通ずるものなのかもしれません)

しかし、パチンコ屋に溜っている地方出身者たちの多くは「何が何でも、勝ち」得なかった人が多い。ぼんやりと、ガラスごしに落ちてくる鉛の玉の方向を目で追いながら、かつて自分の気持ちだった歌を聞くときの虚しさは、たぶんたとえようのないほど孤独なものでしょう。

わたしは「家出」の反語は、何か……、と考えることがあります。すると帰宅という言葉をおもいつくのですが、これはまったくニュアンスがちがい、「宅」という言葉には、何かやさしく帰りを待ち受けるものの匂いがします。

では、反語は他にはないのか……、とおもうと、何もない。「家出」には反語はないのです。

わたしは、ここでは「勝つ」という言葉について、社会学的分析はしませんが、しかし、家出主義者、初心忘るべからず、といった教訓をたれたいとおもいます。

家出するとき、人は「にくむ」ことを知っていたはずです。そのエネルギーは失ってはならないということです。

明日は東京へ出て行くからにゃ
何が何でも勝たねばならぬ

迷信する権利

クシャミにもいろいろの解釈があります。

「鼻の粘膜が刺激されて、激しく息をはき出す反射運動」というのが医学的解釈でありますが、わたしがクシャンとやると、「あ、誰か噂《うわさ》をしているな」という人がきまっているものです。「一ほめられ、二にくまれ、三ほれられて、四風邪ひく」という、クシャミの回数と前兆とを結びつけた迷信もテレビやラジオでいっこうに放送しないのに、今では「クシャミ三回、ルル三錠」というCMとおなじくらいに有名になっています。

耳が鳴ると人が死ぬ（耳鐘）
耳の孔のかゆいのは吉兆。
良い話を聞く。

などともいいます。
こうした「迷信」、いわば小さくねじれた習俗というものは、迷信調査協議会では、「学問上ではなくて、社会政策上定められるべきである」と定義されています。
わたしは、もっと迷信してよいではないか、と考えている一人ですが、しかし、それは暗黒の習俗にのめりこめ、ということではなくて、子どもが「お医者さんごっこ」をやるように「神話ごっこ」をやってもよいではないか、というていどのことであります。

だいたい、子どもが「お医者さんごっこ」をやるときには、子どもにはもう一つの「目に見えた確かな社会」が存在しているのであって、「お医者さんごっこ」は日常のなかに仕組まれた一つの小さな儀式のようなものです。

……そして、現代の神話のありどころも、こうした唯物的な自然科学の発展とともに、「現代科学上の論理に反し、社会生活に害毒をおよぼすもの」として葬られつつある宿命にあります。

（しかし、ことわっておきますが、わたしはけっして科学の発展に反対なのではありません。科学の発展とともに、むしろこうした仮構の世界を分析し、解明して捨て去ってしまうことに反対なのであります。

たとえば、わたしの大学時代、哲学の授業で「ザクロはなぜ赤いか」という理由を、神話の血ぬられた恋物語として川原栄峰教授が話してくれましたが、ひきつづいて心理学の本明寛教授が「妄想の心理学的分析」として、そのような非科学的なことを信ずる心因を、きわめて明晰に分析してくれたので、わたしはショックをきたしたことがあります）

ところが、今では、子どもの世界にすら、謎《なぞ》の領域はすくなくなってきました。

わたしは、サキやブラッドベリーのような謎小説が好きですが、かれらの幻想の神秘世界も、おそらくかれらにロールシャッハ・テストを試みることで、「謎はどうしてつくられたか」解明してしまうことができるかも知れません。

子どもと芝居を観に行くと、こうした現象はますますはっきりしてきます。たとえば子どもはドラマをフィクションとして見ずに、現実そのものの役割の合成として見るという現代の風潮に実に敏感であって……、観劇ではなくて、劇場ルポをやる、ということになります。


たとえば一人の旅行者がトランクをもってステージに登場すると、子どもは、

「重そうにもってるけど、あのトランクのなかは空っぽだよ」

といいます。一つの風景には、

「あの景色はカキワリだよ。……だってほんとうの木なら、風で揺れるはずだもの」

といい、アテレコに関しても、

「ねえ。チエミちゃんはあれ、ほんとは唄ってないんだよ。口をパクパクあわせてるだけだよ」

と科学的に説明してくれます。


しかし、ドラマが終わったときに、子どもは新しい何かを見たか、といえば「実は何も

見なかった」のであり、これは子どもたちが合理主義を信じすぎて、一つの眠りからは覚めたが、またべつの眠りにおちこんでしまった状態にあるのではないか、とわたしは考えるのです。

夢のなかで隣りの奥さんのお尻にさわった男が、もし夢から覚めた翌朝、「昨夜中は失礼しました」とあやまりに行ったら、誰でも滑稽《こっけい》だとおもうでしょう。しかし、ここには比喩で笑ってすまされない問題があるのではないでしょうか。「夢のことは夢で始末する」のがいちばんよいのに、「謎」や「お化け」を迷信として軽蔑してしまう社会科学にたいして、イカサマ神話家たちは、「夢そのものに、いかに科学的裏づけをあたえるか」ということを考えるようになります。

そして、「ふしぎな肌着」とか、「奇跡を生むコップ」が「健康増進・老化防止・更年期における内分泌の調整」といったことを提案するようになってくるのです。

わたしの持論は「迷信」を、神話的体系のなかでとらえるための自立性ということであり、子どもは子どものお化け、老人には老人のお化けを、ということであります。（そしてもちろんスターにはスターのお化け、科学者には科学者のお化けを、ということにもなるわけです）

しかし、お化け使いにとってもっと重要なことは、「夢からさめても、現実であやまるな！」ということであり、お化け主義者の誇りを持て、ということになるのであります。

吃音クラブ

最近わたしは『ドモリの正しい治し方』という本を読みました。これは「三週間でかならずドモリは全治する」……というありがたい本でした。

ドモリを治すのにも、首振り矯正法だの、指折り矯正法だの、と、人知れぬむずかしい訓練が必要であったり、「ドモリにならぬため」には、

一、ご飯をよくかんで食べること
一、靴の紐《ひも》をゆっくりむすぶこと
一、電話のベルが鳴っても、いたずらに急いで駈《か》け寄らぬこと
一、いう文句がはっきり分らないうちに話そうとあせらぬこと
一、沈黙は金である

といった金言や心がけがいっぱい必要であるということが、この本には書いてありまし

た。

ヘルマン・グッツマンによると「人類の九十九パーセントはドモリである」そうです。

……しかもかれらの大半は自分がドモリだと知らずにいるのだ、というのです。

だが、しかし……それは嘘である！

すくなくとも、わたしにはそれが嘘だとしかおもえません。

そして、わたしには、このヒューマニスチックな本が（比喩的な意味で）実につまらなくさえありました。そこで……さっそくわたしはこの本の読後、一編のドラマを書いたのです。

（このドラマは、安部公房の企画原案番組『お気に召すまま』で、すでにNETテレビで放送されましたが）……こんな話です。

まず、殺人事件が起きる。

そして、その犯人はドモリであり……被害者はおとなしい教師なのです。主人公はさっそくこの事件の究明にのりだします。かれはテレパッパという新発明の機械で、テレパシーを探知し犯人の居場所をつきとめる。

そして、小さな場末のクラブに犯人のドモリがいることがわかり、勇躍のりこんでゆく

のです。かれはさっそく、クラブに入って、

「ここにだれかドモリはいませんか？」

とバーテンにたずねます。

するとバーテンは、

「ド、ド、ドモリですか？」

と聞きかえすのです。主人公は、バーテンがドモリであることを知ってにわかに自信を深めすぐそばにいる一人の中年の客に、「あのバーテンこそ殺人事件の犯人にちがいない。なぜなら事件の犯人はドモリであり、事件はここのクラブで起こったのだ」と力説します。ところがその中年の客もまた「そ、そ、そうですか？」と答えるようなドモリだったのでした。

主人公はガクゼンとします。そこのクラブは「吃りクラブ」であり、客は、全員みなドモリであり、被害者は会員全部に共謀の上で殺されたのでした。なぜなら、被害者は「ドモリの治し方」の研究をしていたからです。

ドラマのなかで、中年の紳士はこう演説します。

「ドモリは精神の貴族である。ドモリはいいたいことをいっぱいためておいてから、一つ一つ考え考えいうのだ。ドモリによる精神の屈折こそ、人間のことばの喜びを知るもので

ある。だいたい、ベラベラとしゃべる奴にはほんとうのことは何もいえない。考えているひまもありゃしないじゃないか。え？

きみ、ドモリたまえよ。

きみ、ドモルのがいいんだよ」

わたしの最近のもっとも気にくわないものの一つに、ドモラずにスイスイと軽口をたたく人種があります。かれらが言葉を尊敬していない、などというつもりはないが……、すくなくともかれらは人生を尊敬していないことはまちがいがありません。ぼくは、はやりの「現代っ子」のなかでも、ドモリ的要素のない子は好きではありません。精神の屈折のない子に何で明日をまかせられるものか。

と、いってもわたしの考えは、何もハムレット的にドモレというのではなく、もっと自分のなにか「恍惚と不安」のあるような思想を発見せよ、と主張しているにすぎません。言葉もまた肉体の一部である。完全な肉体が、人間として失格であるように……、ドモリながらつぎの言葉を選ぶときの、言葉への新鮮な働きかけがないならば生きる歓びもまたないでしょう。

JAPANOROGY

身から出ました
さびゆえに
エンコでついに
捕われて
お巡りさんに意見され
ついたところが鑑別所

これは「練鑑ブルース」というかつての不良少年たちのヒット・ソングです。この歌詞のなかの「身から出ましたさびゆえに」という一節には、「わかっていながら止められなかった」少年たちの悪への断ちがたい誘惑と、後悔とが交錯した奇妙なひびきがあります。かつてはわたしも、この歌を愛誦する一人でした。

ところで、ルース・ベネディクトの『菊と刀』によると、この「身から出たさび」という言葉は、日本人の精神構造の倫理的無戒律が感ぜられるものであり、そして「悪の行ないを宇宙的な原理から説き起こそうとはしない」日本人のいいかげんさのあらわれだ、ということになるのですが……。

本当にそうでしょうか。

ベネディクトは「日本人によると……、各人の魂は、本来は新しい刀と同じように徳で輝やいている。ただ、それを磨かずにいるとさびてくる。このかれらのいわゆる『身から出たさび』は刀のさびと同じようによくないものである。人は自分の人格に刀にたいして払うと同じように注意を払わなければならない。しかしながら、たとえばさびがでてきても、そのさびの下には依然として光り輝やく魂があるのであって、それをもう一度磨きあげさえすればよいのである」

と皮肉って指摘しますが、わたしにはどうもベネディクトのいうことが、よくわからないのです。なぜなら、「刀にたいして払うような」人格への注意というのは、けっして求道修験といったものだけではなくて、みずから生きるために日々、選択してゆく日常的行為をさすものだからです。たとえば、ベネディクトは「悪の行ないの宇宙的原理」といいますが、「宇宙的原理」というものはベネディクトのような社会分析ではなく、もっと人間存在の根深いところに紐帯《じゆうたい》をおいているのでなければ、意味がありません。

アメリカ人はこういいます。

「日本の小説や演劇のなかで、ハッピー・エンドで終わるものはきわめて稀である。アメリカの一般大衆は解決を熱望する。かれらは劇中人物が、その後は常に幸福に暮らすようになると信じたがる。かれらは劇中人物がその徳行の酬いを得ることを知りたがる。もし、かれらが、ある劇の終りに泣かなければならないとしても、それは主人公の性格のなかに何か欠点があったからか、あるいは主人公が邪悪な社会の犠牲になったからか、いずれかでなくてはならない」

ここには、気のいいアメリカ人の顔が、はっきりと押しだされていて、合理的な考え方で、日本人のドラマ観をスパッと斬り捨てたような明快さが感じられますが――、しかし、これはまったく嘘なのです。

本来、悲劇というものは、それがどうしても避けられなくて起こるからかなしいのであって、なかの誰かが「性格の中に何か欠点がある」ことなどからは、生まれるものではありません。

すべていい人であり、天気もよく、小鳥もさえずっているのに起こってしまった悲劇……これが問題です。人の愛やにくしみというものは「邪悪な社会の犠牲」などという言葉では割り切れないところから始まるのであり、それが人生の機微にふれているから「三倍泣ける」のです。

母物映画に見られる「生みの親」と「育ての親」の悲劇なども、どっちも善人であるのに子どもがたった一人だから、見ている人は泣く。

泣いてさっぱりして、劇場をでてくるときには巷の母たちはもうさっぱりしている、というところに悲劇のカタルシス作用があるのであり、観客の代理現実での充足感があるのです。

だいたい、ドラマのなかで「徳行の酬い」のハッピー・エンドなどを見せられてもわたしたちは、その背後にある倫理感にうんざりするし、道徳の押しつけを感じるだけではないでしょうか？　そして芸術の歴史の大半が、道徳との闘いだったことから考えてみても、「にせもののハッピー・エンド」では、ただ、作者側の意図を察するだけにとどまってしまうだろうとおもうのです。

美というものは、本来、何かを欠いたものです。完全な合理主義からは、美はおろかドラマも生まれてはきません。「みんないい人」だから、ぬきさしならずに起きる徳のジレンマを、「劇の原型」とみなさなかったら、もはや「悪の宇宙的原理からの把握」などできないでありましょう。そして、この「身から出たさび」という歌にこそ戒律への焼けるような熱仰と、自己嫌悪が感じられるのであり、完璧《かんぺき》な悲劇への志向が感ぜられるのです。

ドラマには終わりがあるが、人生には終わりがないのです。わたしが詩やドラマを書くことも、「身から出たさび」なのではないかと、稀に、ふっとおもうことがあります。

死体教育

「挽肉機があるからといっても、肉屋だとおもってはいけないよ」

暗い木賃宿の二階で、油虫を払いながら一人のおんぼろがわたしにいいました。

「だいたい、挽く肉だって、四つ足ばっかりたあ、かぎりませんからね」

「そりゃあ、鶏肉だって挽くだろう」

とわたしはいいました。

するとおんぼろは大笑いしました。

「鶏肉だって？……チキンなんざ、あんた。この七年間お目にかかったことがないやね」

そこでわたしは、しみじみとそのおんぼろの顔を見て、声をひくめて聞きました。

「へえ……？　じゃあ、猫かい？」

「猫ももちろん挽きますさ」

「犬も？」

「ああ。赤犬の方が味はいいや、ね。猫はアブクが多くってね」

とおんぼろはいい……、

「二本足だって、あんた。コマ切れにすりゃ挽けねえってことはないですからね！」

わたしは山谷という街が好きです。

東京都内の食堂で、客にいちばんサービスのいいのは山谷の食堂だということになっていますが……、そんな親切さの背後には暴動事件を始めとする『天保荒侵伝』なみの恐怖譚や、土着したユーモアがあって……それが山谷を一度行ったらまた行きたくなる嬉しい街の一つにしているということらしい。だいたい、近頃一流のレストランのサーヴィスがわるくなってるのは、そこへ出入りする客が、妙におとなしくしすぎているということにもよるようです。レストランのボーイの方は一日立ちんぼでいらいらしているが、客の方は、いろいろなことに充足しているので怒りっぽくない。そこで、立場が逆になり、ボーイの方が爆発的イライラエネルギーをもって客に応対する。ところが山谷では、立場は正常であって、つねに客は怒っています。味噌汁《みそしる》の量をまちがえようものなら食堂主の命にかかわりかねません。

わたしは、山谷で一人の男に逢いました。

かれは走っていました。

「どうしてそんなに走ってるんだ」

とわたしが聞くと、かれは大声で、

「この方が、酔いがまわるのが早いんだ。いま焼酎《しょうちゅう》をのんできたところだでな！」

といって去って行きました。

わたしはこの鼻の赤い男に好意を持ちました。おそらくかれは、いつも小量の焼酎を飲んでは走るのでしょう。

また、わたしはここで、

「選挙ねえと、清き一票が売れねえで、儲《もうか》らんな」

とボヤいている老人や、脱獄囚から囚人服を安く買って喜んで着ているおかまの話など聞きました。行き倒れの男の死体をもてあまして、ヒッチコックの『ハリイの災難』ばりに悩んだあげく、大学の医学部へ売りに行って儲けた話を、大得意になって話すおんぼろは、陽気な二人組のバタヤだったということです。

わたしは、ここでも、「明るい顔」のおんぼろに逢い、じつにかれらを頼もしくおもわないわけにはゆきませんでした。そして、かれらの顔の明るさに、何かルネッサンスの兆しのようなものを感じないわけにはいかなかった……、という気さえしたのです。

といっても、わたしは、かれらがみずからのおんぼろ肯定のユーモアを喜んだ、ということではない。だいたいわたしはアランの『幸福論』が山谷に適用するとはおもっていませんし、雨がふるたび、天に謝して、「結構なおしめりだなあ」などと慨嘆するほど気のよい男でもありません。しかし、山谷のおんぼろ人種のなかには、世代区分族とか、情勢論的政治屋はいず、もっと多くの人たちは非常にプリミティヴな人間の恢復を叫んでいる、ということに興味をもったわけなのです。

新進劇作家ジョン・アーデンの『豚のごとく生きろ』はこうしたスラム街――山谷のような街の人たちを主題にしています。

そして、その山谷のまんなかに、水洗式トイレットのついたきれいな公団アパートまがいの住宅ビルが建つのですが……、コンクリートの区画のなかに押しこめられて、画一化されることを好まないおんぼろたち……（つまり、文明の毒にとけこみたがらないおんぼろたち）が、どうしても入所すること、収容されることを拒みつづける。そして、強引におしこめられて、水洗式トイレットのある部屋に豚やシラミを連れて入所し……、けっきょく、それをいやがって、集団で、大声で、「豚のごとく生きろ！」と絶叫して、その近代的建物をぶちのめしてしまう……というものですが、いってみれば、文明批判を人間本来の尺度でなし得る唯一の人たち、おんぼろたちのなかにこそ、本来的芸術の芽、人間性恢復の芽があるようです。つまり、社会福祉というものが「ほどこし」の形態をとっているかぎりはいつまでたってもかれらの生活の条件がよくなりはしないのであり、わたしなどは、山谷をもっと山谷的にすることによって画一的でない福祉形態が考えられてもいいのではないか、などと考えるのです。……、いまの山谷には、渦巻くエネルギー……たとえばルネッサンス前の混沌があります。山谷ルネッサンスこそ、現代社会の人間疎外への一つの破壊的な可能性を持ち得るのではなかろうか、とおもいながら、わたしはニヤニヤと、山谷土産のコロッケを食べているところです。

と畜場の思想

竹中良次さん。

あなた、今、どこにいますか？

わたしはいま、あなたと二人で疎開地の、旧陸軍のカマボコ兵舎で山羊《やぎ》をかくして飼っていたときのことをおもいだしながら、これを書いています。北斗七星のしっぽが兵舎の屋根にかくれてしまいそうなさむい晩、わたしはあなたと二人で、古い携帯ラジオを山羊に背負わせて、田端義夫の「かえり船」などを聞きながら火を焚いていたものでした。

あなたが中学生で、わたしは小学校五年生で……、ちょうど、終戦の翌々年だったのを覚えています。

あなたは本当に山羊が好きだった。いまからしておもえば、あなたはチャップリンの『殺人狂時代』にでてくるトッシュウ・ヴェルドウ氏のような汎神論者で、生きているものは人間も動物も、おなじように好きだった。

そして、そんなあなたの公平さを、わたしは尊敬していたのでした。

(たまたま、あの山羊が牝で、あなたが一人息子だったので、村の連中は、あなたと山羊との仲を、性的興味から結びつけたりもしましたが、わたしはよく知っていました。

あなたは、鎖でつながれているものに、ひどくもうしわけなさを感じていただけだったのです)

ところで、わたしは会田雄次の『アーロン収容所』というベストセラーを読んでいるうちに、十五年ぶりであなたのことをおもいだしました。

それは「われわれには、動物をと畜する習慣がないから血をみて逆上したり、死んでからも人を狂気のように突いたり、切ったりする」という一節があったからです。

実際、わたしたちは、家畜を食う習慣のある村で育ちました。兎・にわとり・豚・あひる・馬・鴨《かも》・など、その一つ一つの料理法からと畜法まで、わたしたちは教えられたものだったのです。


わたしは、兎を殺すのは、トンカチで目と目の間を叩くのだ、ということを教えられ、実際に小学校の裏で、やってみました。

また、足をしばったにわとりの首を古い杭の上へのせ、それをナタで一刀両断にもしました。首のなくなったにわとりが、羽をとばして天神様の鳥居の高さまで飛び上るのを見て、「にわとりが飛べない鳥だというのは嘘だな」と考えたりもしました。こうしてわたしたちの家では、と畜の役割は、「馴れるために」たいてい、子どもがやらされたことが、忘れられない記憶としておもいだされてくるのです。

ところで、あなたはたった一人のお母さんよりも家畜の山羊の方を信じていました。(お母さんよりも、というよりは、お母さんとおなじくらいにといった方が正確だったかも知れません)

……だから、あなたは山羊を殺すのに大声で泣いて反対したものでした。

そして、その山羊を目かくししてお母さんが殴り殺した夜、あなたは「お母さんにたいする復讐として」家出して村をでて行ったのでしたね。

駅まで、たった一人見送りに行ったわたしに、あなたは怒るように何べんもこういいました。

「家畜が食えるなら、親だって食えるのだ!」

そのあと、あなたが大阪の鉄工所へ無事につとめ口をみつけたかどうかを、わたしは知りません。あなたは向うへ着いたらきっと葉書をくれる……、といいながら、とうとう一度も約束を守ってくれませんでした。しかし、わたしは、もうあなたの顔もすっかり忘れてしまっているのに、あの「家畜が食えるなら、親だって食えるのだ!」という言葉だけは、妙に忘れられずに頭にこびりついて離れないのです。

竹中良次さん。

あなたの真意は「だから家畜も親も食うべきではない」ということだったのか、「親も家畜も食うべきだ」ということだったか……、いったいどっちだったのでしょう。

わたしは、その後当分のあいだ、あなたの真意を知ろうと考えつづけていましたが、しだいに、あなた自身も、それを煮つめて思想化するところまでゆかずにとびだして行ってしまったのではないか、とおもうようになりました。そうでなかったら、あんな暗い顔で家出するわけがない、家に便りを絶ってしまうわけもない。

そして、本当の家出者の出発は、あなたとは反対に、むしろ「笑って」故郷を捨ててゆくエネルギーのなかにこそ見出されねばならないのだと、わたしはいまでもおもっています。

地獄歌

七歳の時　父戦死。
父の位牌をぬすみ出して野原で焼く、その火に自分の手相をうつして見る。
九歳の時　先生の顔にツバをはきかける。
十一歳の時　墓地へ行き、土を掘りおこして父の遺骨を観察して見た。
灰のような粉がすこしはいっていた。
十二歳の時　神棚と仏壇と両方あるのはおかしいとおもい、神棚を斧《おの》で叩き割って、川へ流してやる。
十三歳の時　母に犬神憑く。
村ぜんたいに精神分裂症扱いをうける。
女の先生に山鳩生獲りにつれていってもらい、帰途、春のめざめを知らされる。
十四歳の時　収入源なくて、父祖からの田売る。（売られた田に、母が自分の真赤な櫛《くし》を埋めているのを見る。そんな抵抗は虚しい！）
十五歳の時　姥捨山《うばすてやま》はどこにあるのだろうか。
東京にあこがれながら、《執行猶予》のような毎日を送る。何の犯罪にもかかわらぬのに《執行猶予》であることの息苦しさ。

十六歳の時　なぜ、皆と話しあわないのか。

(ポール・ヴィラネーの『一九二五年生まれ』を読む。「地の糧の自由はジイドを狭隘な生活から解放したが、また一つの画一主義に身をまかせてしまうことになる。それに引きかえ戦争は、わたしたち自身の手を出すことをしないのに、さまざまの社会的桎梏からわたしたちを解放してくれた」)

——しかし、戦争はもう終わってしまったのだ。

十六歳の時　再び。地主の家の民俗的な仮面を盗み出して、家出し、横浜でその仮面を売る。家出する途中、歌いつづけていたのは美空ひばりの角兵衛獅子の歌であった。

十七歳の時　港湾労働者になる。

母、自殺の報に接する。港拳闘クラブに通いはじめる。


これはわたしと同じ青森県出身のある港湾労働者の履歴です。かれはいま二十歳で、もしかしたら今年の新人王戦にバンタム級あたりで活躍するかも知れません。しかし、……とわたしはおもいうかべます。あの暗い田園から、この大都会へでてきて、いまのかれは、「脱出」に成功したといえるのだろうか。

どっかへ走って　ゆく汽車の
七十五セント　ぶんの　切符をくだせい　ね
どっかへ走って　ゆく汽車の
七十五セント　ぶんの
切符をくだせい　ってんだ

どこへいくか　なんて
知っちゃあいねえ
ただもう　こっから　はなれてくんだ

ラングストン・ヒューズの詩はここで終わっています。わたしはここでは、何の注釈もつけずにおこうとおもいますが、いったい、かれは「社会的桎梏から解放」されたのかどうか。

これは一つの宿題であります。

第四章　自立のすすめ

醒めて、怒れ！

一日一回、怒りましょう。

もし、怒るような腹立たしいことがあなたの身のまわりに何もないというなら、無理してさがしださなければいけない。よく気をつけて見ると、かならず「怒るべき」ことがあなたの周囲に何かあるはずです。

それを見つけだして、怒鳴りつける。（そのことによってあなたはいままでよりいっそう生き生きと見えだし、カッコよくなり、そしてあなた自身の日常のヒーローとなり得るでしょう）

イギリスの、Angry-youngmen（怒れる若者たち）というのは大方三十代半ばの世代に属していて、怒ることは怒っていますが、その怒り方ははなはだ抽象的で、かつ詠嘆的です。

たとえばジョン・オズボーンの戯曲『怒りをこめて、ふりかえれ』という作品の題名を考えてみてください。怒りをこめて「ふりかえって」いったい何になるのか？

ふりかえるのは立ちどまるもののならわしです。ところがわたしたちは立ちどまらずに怒らなければいけない。

怒りは自動車のガソリンのようなものです。怒りは要するに明日への活力です。それに過去というのは常に廃墟《はいきょ》でしかありません。

過去というのは「死の市」です。しかも完成品です。怒りによってはけっして復元され得ないみごとな彫刻のようなものです。

以前、わたしはある雑誌で「現代のヒーローとは誰か？」という座談会に出席して椿三十郎だの、ゴジラだの、小林旭演ずる渡り鳥滝伸次だのについて語りあったのでしたが……、よく考えてみると、ここにあげられた「ヒーロー」的人物たちはすべて「怒って」いることがわかります。もちろん、それぞれに怒りの対象はちがいますが、ヒーローの最大公約数が「怒り」であることはまちがいありません。

（そして、花田清輝の、「現代では劇の本質は喜劇にない。悲劇にもない。活劇にあるのだ」……という定義をもしヒーローの定義の前提にするならば、活劇の主人公というのは当然「敵」にたいして怒っていますから、これもまた真理ということになります）

『愛染かつら』の主人公津村浩三は現代のヒーローであるか？　といえばみなさんは文句なしにノオ！　と答えるでしょう。しかし、なぜノオ！　なのか、ということになるとみなさんははっきりした答えを整理していないかも知れない。そしてたぶん、「恋愛のことしか考えんような男は、どうもあんまり世のなかには役に立たんようだ」などと答えるかも知れません。しかし、正解はやはり「津村浩三が時代のヒーローでなかったのは、かれが怒っていなかったからだ」ということになるのです。

津村浩三は、本当はもっと怒らねばならなかった。かれがもし、ほんとうに自分の恋愛の完成について考え、自分と、高石かつ枝の立場を客観的に、トータルなヴィジョンのなかで見つめたら、当然自分たちの恋愛をじゃましている根源的な敵に気づいたはずです。

そして、それは単純な運命のいたずらといったものとか、悪玉の妨害とかいったことではなくて、家族制度の矛盾とか、社会福祉の不備とか、いろいろあったはずなのです。かれがもしそうした「敵」と闘って自分の勝利をかち得ていたならば、かれだって日活大活劇の主人公以上にヒーロー的に見えたかも知れません。

日本人のなかにはながいあいだ、忍耐の美徳……という不衛生な道徳的習慣がありました。人びとはさまざまな不合理さをがまんし、そのがまんのなかに「無常感」といったムードを構成して生きながらえてきました。しかし、怒りというのは排泄物のようなもので、一定量おなかのなかにたまるとどうしても吐きださざるを得なくなる。日本の女は忍耐の美徳をそなえている、といわれながら、日本の女ほど自分の子どもを殴る……という例もあまり少なくないのは一つの排泄現象のあらわれだ、と見ていいでしょう。

内部に鬱屈したエネルギーを大切にしておいて、革命のときの武器にする……というならいざ知らず、不衛生な我慢のために、かえって「家」全体が暗くなるのは変な話です。社会に、人類に、家に、町に、自分自身に……あなたはもっと怒らねばなりません。

（一日一怒かならず実行。

これを読み終ったらバリバリとひき裂いて「馬鹿なことといいやがる！」というのでもよいのです。そのエネルギーがあなたの明日へ生きてゆくモラルのガソリンになるでしょう）

KISSOROGY

中学時代に、わたしはキッスの研究をしたことがあります。（といっても、それは体験的にではなく学問的にでしたが）

とにかく、キッスというのは興味深いものでありました。平凡社版の『世界大百科事典』によりますと、キッスは、

「他人のくちびるや手などに自分のくちびるをふれて愛情や敬意を示すこと。その起源については母親の母性愛から生まれたという説、原始的で残忍な性衝動の一表示である愛咬から出たという説などがある」

と規定されていて、

「接吻の頻度は上流社会に行くほど高いが」、しかし、「接吻は口中の細菌によって病気を感染させるおそれがある」

となっています。

中学生だったわたしは、キッスのなかでも、とくに「はじめてのキッス」というものに興味をつよくもちました。

そして、いかに印象的にはじめてのキッスをするかに、自分の人生の半分は賭けられているのではないか、……とさえ考えていたのです。

わたしはせっせと恋愛小説を読みあさり、ジュリアン・ソレルとレナール夫人のはじめてのキッスは××という場所の××頃、というように記録し、そのあとに、当事者の感想めいた描写があると、それを書き写しました。そして、それからダフニスとクローエ、ピエールとリュース、お夏と清十郎、ロミオとジュリエット、トリスタンとイゾルデ……というようにノートいっぱいに「はじめてのキッスの記録」を書きこみながら、わたし自身がはじめてのキッスをするのは、どんな場所で、どんな言葉のあとにしたらいいだろうか？　と夜ごとおもいめぐらしたものです。

おそらく、人にとって、この「はじめてのキッス」だけは、否応なしにせまられる独創の発見でなければいけなかったはずのものだったのですから。

ところで最近、土曜日から日曜日へかけて、夕方の皇居前広場を散歩すると、一メートル間隔くらいで草の上に倒れてキッスをしている恋人たちに出会います。そして、このキッスのマス・プロ化は、独創の不在をおもわせないわけにはいかない。

むろん、当事者たちは、

「ぼくたちは、ここでキッスをしていたって、結構、フランスのブローニュの森でキッスしているつもりなのさ」

と形而上学的な独創論を一席ブッかも知れません。しかし、恋愛とはつねに個人的なものであり、組織的なものではあり得ようはずはないものです。

皇居前広場で群がっている恋人たちは、「あすこへ行くと、キッスできる」、という場所への依頼感と「まわりの連中を見せると、自分の相手の女の子もその気になるから」という効用論から皇居前広場をえらんでいるというのが、まちがいのない本音でしょう。

それがわたしには、何か、青春の特権の放棄とおもわれてならない。

はじめてのキッスには……（というより、キッスというものは、つねに「はじめての」ような新鮮な感動をともなうものですが）、自分たちだけのおもい出として印象づけ得る場所をえらぶべきです。

たとえそれがスクラップ置場だろうと、どしゃ降りの雨の公園だろうとかまいませんが、ともかくそれが「決定的瞬間」としてとらえ得るように、演出するのが男性の恋愛にたいする義務であるべきなのです。デパートのシャツ売り場で、ぶら下りのシャツを買うのはお金がないから仕方がないことですが、本来的には、自分にもっともふさわしいシャツをデザインして着た方がいいということは誰もがもっている願望です。しかし、シャツはともかく仕方ないとしても、キッスにはお金はかかりません。

イージー・オーダーの場所ではなく、自分たちの独特のオーダーで、趣味や生活や、感受性にふさわしい場所を発見することこそ、恋のたのしみでなければいけなかったのではないでしょうか。

皇居前広場へ行けばキッスができるのではなく、「どこへ行ってもキッスができる」という考え方が、

人生至るところ青山あり

という漢詩の達観とは、うらはらの形ででてくる青春論の一つになります。

自分たちにしか通じない言葉をもつのが恋人同士であるように、自分たちしかキッスのできない場所をさがしだすことこそ、恋人をもったあなたの急務なのです。

恋人たちよ、群るなかれ。

そして、それは恋愛の問題だけではなく、「家」の問題から就職の問題、思想の問題まで、すべてのアンガジェにつながってくる、ということを考えてみてください。

「わたしは誰ですか？」

混みあった食堂で、テーブルに坐っているとウェイトレスが近寄ってきてわたしに聞きます。

「あなたは？」

するとわたしは、「ライスカレーです」とか、「コロッケです」とか答えます。

しかしだからといって、

「わたしは……ライスカレーです」

I am Rice Curry.

ということにはなりません。もし、病院ですれちがった他の患者から、

「あなたは？」

と聞かれた場合なら、わたしはたぶん、「腎臓病です」とか、「ネフローゼです」と答えるし、リクエストできるモダンジャズ喫茶で、

「あなたは？」

と聞かれた場合なら「オーネット・コールマンです」とか、「チャーリー・ミンガスです」とか答えるにちがいないからです。

しかし、わたし自身の実体は、その状況によってかわっているかといえばけっしてそうではありません。


だいたい、一人の人間を目の前において、「かれは何者か？」という討論会をひらくとしたら、これはカンカンガクガクの大激論になることは請け合いであります。

詩人、ボクシングファン、劇作家、青森県人、ブリジット・バルドオ・ファン、日本人、黄色人種、寺山修司、ジャズマニア、競馬狂、地球人、日本現代詩人会員、戦争非体験者、エトセトラ。どの一つをとって「これがおまえだ」といわれても、わたしは否定できませんし、反面「これこそわたしそのもの……」といった感じも持つこともできないのです。


近頃では、人は階級か、世代か、職業か、あるいは名前かで分類されるのが通例となっています。しかし、これらは、（名前をのぞくと）どれも、人口が多くなりすぎたために、何人かの共通点（たとえば共通の利益、とか共通の経験）をとって、便宜的にパターンにはめこんで分類しているのにすぎない。

（もっとも、まったく正反対に、ジャン・ジュネのように「一人の人間の主要な活動を通して――それ以外のあらゆる点を除去して――人間を単純化し、明確化する自覚こそ詩人の自覚である」、といった考え方もあることはあります）

しかし、ともかく、わたしは自分を「それはわたしです」といい得る簡潔な単独の略号をおもいつきません。ましてや、先生が生徒に、
「君はだれ？　何する人？　って聞かれたら、すぐ大きな声でわたしは何々です、と答えられるような人間になりなさい」
などと教えているのをみると、どうも不当なことを教えてるような気がしてならないのです。自分は自分自身の明日なのであり、自分の意識によってさえ決定づけられ得ない自発性なのです。

人は「在る」ものではなく「成る」ものだ、ということを書いた西村宏一のすぐれた詩をわたしは知っていますが……、わたしもまた、わたし自身への疑問符として自発的に生きてゆく、といったことを目指すべきなのではないでしょうか。

もっとも、大学入試の面接で、きみは誰ですか？　と聞かれ、
「ぼくはウドンが好きでソバは嫌いで、川が好きで、橋が好きで海はきらいで、抒情詩と

熱さが好きで、にんじんと哲学はきらいな……そんな人です」
などと長々としゃべったら落第してしまうにきまっていますが、それにしてもチャールス・B・ロスの『人に認められる法』にでてくるような規格品現代優良青年になることだけはやめた方がよろしい。

大学なんかも、不合格でもよいではありませんか。

暁に

Jazz and Freedom go hand in hand.
(ジャズと自由は手をつないで行く)
わたしは、この言葉が好きです。
新宿の「きーよ」というモダンジャズ喫茶の二階で、夜明け頃、チョークで壁に落書をしている若い男に、
「何て書くんだ?」
と聞くと、かれが、
Jazz and Freedom go hand in hand.

と教えてくれたので、「誰の文句だい?」って聞くと、セロニアス・モンクのだ、ということでした。

わたしは、鬱屈してうつむいている黒人ピアニスト、モンクの、何かを耐えているような顔をおもいだしながら、「いい文句だな」といいました。


わたしが、モダン・ジャズを好きなのは、それが反逆的で、「スローガンのない煽動《せんどう》のようで、綱領なき革命」のようであるからです。

(この「スローガンのない煽動、綱領なき革命」というのは、ロバート・リンドナーという医者が、精神病者につけた定義でありますが、いみじくも、ジャズそのものをいいあてているようにおもわれます)

あの、頭を打つような抒情と、目の暗闇をするどく切り裂くようなトランペットや、サキソフォーンの音には、わたしたちが、文明によって抑制されている生の愛情や暴力を解放するおもいがけないほどの力が潜んでいます。


それは、サンドバッグに、「幻の文明」の矛盾をダブらせて、泣かんばかり叩きまくるボクサーたちの夜明けのトレーニングにもいえることであり、都市生活者の歯ぎしりするようなくやしさ、わけのないくやしさを解放する、唯一の自由なエネルギーなのではないでしょうか。
わたしは、夜明けゆく都市の上を、電車道路の上を、はだしで歩くのが好きでした。
そして、まるで中年増女の、化粧する前の朝の顔のような、スモッグのかかった東京のコンクリート道路の上に、飲みさしのビール瓶を叩きつけながら、何べんも、
Jazz and Freedom go hand in hand.
と口ずさんでみました。

背広の着方がすこしばかりうまくなったからといって何になるだろうか。すこしくらい、給料があがったからといって、すこしくらい部屋賃の高いアパートに引越しできたからといって何になるだろうか。

世界のための豚と畜者、
機具製作者、小麦の積上げ手、
鉄道の賭博師、全国の貨物取扱い人。
がみがみ呶鳴るガラガラ声の　喧嘩早いでっかい肩の都市!

これはサンドバーグの書いたシカゴの夜明け方の顔です。はだしで暁の路上に立って、

わたしなら東京の顔を何と書くだろうか……。

とおもいながら、昨夜からひきつづいて鳴っている「きーよ」のジャズを遠くからなつかしいものでも聞くように聞いていました。


精神分裂症の定義か、ジャズの定義にすっぽりあてはまるかぎり、わたしの考える「自由」はたぶん、文明の規範のなかでは「分裂でしかない精神」と手をつないでゆくことになるでしょう。

しかし、わたしは、こうした分裂的な力、スローガンのない綱領のなかにこそ、歴史を下から変革してゆく力が潜んでいるのではないかと、考えないわけにはいかないのです。

コーヒーのにがい理由

ふるさとの訛りなくせし友といて　モカ珈琲はかくまでにがし

これは、わたしの第一歌集『空には本』のなかに収められている短歌です。

当時わたしは、早稲田大学へ入ったばかりで、生まれて初めての都会の生活に毎日興奮のしつづけでした。たとえば生まれて初めて見る地下鉄、生まれて初めて見るビルディング、生まれて初めて見るボクシング・ジムと動物園、ストリップ劇場からバロック音楽研究会まで、何もかも生まれて初めてなのでした。
「おまえ、餃子《ぎょうざ》ちゅうもの食ってみたか」

「まだ食わん」

といった調子で、新宿のジャズ・コーナーのあたりをウロウロ歩いているわたしと、同郷の何人かとは、今流のことばでいえば「チャンネルのちがう」生活のなかを手さぐりで歩いていた、といってもよかったのです。

それまでのわたしは、

りんごのなかをはしっている
けれどもここはいったいどこの停車場だ
（みんなむかしからの
きょうだいなのだから
けっしてひとりを　いのってはいけない）

といった宮沢賢治の詩を、声をだして一人で読むような田園の生活をしていたので、すっかり勝手がちがってしまいながら、それでも、それなりに目の眩《くら》むような毎日を送っていたのですが、……しかし、しだいに同郷の「かれら」とわたしと差がひらいてきたことに気がついたのです。

それは、言葉でした。

三日も逢わずにいて、路上でばったり逢うと、かれらはたちまち流暢《りゅうちょう》な東京弁で早口にまくしたてるようになり、一週間も逢わずにいてまたばったり逢うと、もういっぱしの東京人になってしまっている……、といったことが起るようになりました。

「お前らも、すっかり東京弁になっちまったなあ」

とわたしがまぶしそうにいうと、かれらの一人は、

「東京へでてきて、東京にイカれないような奴は、馬鹿だ」

と大きな声でいい、わたしもそういわれてみると、なるほどそうだなあ、とおもいながら、しかし、何だか変な気がしていたのです。

「俺は江戸っ子だ。

電車なんか、認めんぞ！」

といって、足駄で電車道路を濶歩してゆき、電車に轢《ひ》かれて死んだ正統三代目の江戸っ子のことが新聞にでたのも、その頃です。

わたしは、けっしてその江戸っ子に同情はしなかったが、しかしすこしばかり親しみを感じたような気がしました。それから、間もなく組織と個人、といったことが学生のわたしたちに話題になり始め、W・H・ホワイトの『組織の中の人間』(THE ORGANIZATION MAN)などが議論の種をまき起しました。

あれから、もう八年ほどたちます。

そして、わたしは依然として、「ふるさとの訛り」がぬけぬまま、それでも、おなじイントネーションで、おなじような話題を、早口にしゃべりまくる人たちを軽蔑しながら、(といって、けっしてふるさとをとくに恋う、ということもなく)毎日を送っているのです。

わたしが選をしている「マドモアゼル」という女性雑誌の短歌欄に「方言を笑われた」……という歌を毎月投稿してくるお手伝いさんがいますが、わたしは肩をポンと叩いて、「もっとひどく訛りなさい」といってやりたい気がします。

歩け

もっと歩くべきではないでしょうか。

電車にも、マイカーにも乗らず、バスに追い越されながら町を眺めて歩くことのよさ、そういうよさを皆は忘れてしまったようにおもわれてなりません。

もっとも山手線を歩いて一周する大学生がいて、その記録にも、公認のタイムがあるそうですが、わたしもかれらと同じように歩くことは、唯一の人間の尺度で大地をはかる行為である、という考え方をまだ持っているのです。

三田村鳶魚の『江戸生活事典』の四季の遊覧によるとこうです。

「桃は中野の桃園は、もう衰えてしまいましたから、大分遠くまで踏み出さないと見られない。躑躅《つつじ》霧嶋はひぐらし、大久保、染井。それから海の方では汐干とか魚釣りとかいう楽しみがあった。

夏になっては杜鵑。牡丹《ぼたん》は寺島の百花園、北沢の牡丹屋敷。燕子花《かきつばた》が吾妻の森や寺島の蓮華寺。藤が亀井戸、坂本の園光寺。花菖蒲《しょうぶ》は堀切。それから両国の納涼、花火。谷中、王子、高田落合、目白、目黒、吾妻の森、隅田堤の螢。秋になって月見、虫聞き、吉原の燈籠《とうろう》なんていうものがある。けれども吉原まで行くには、江戸の真ん中からだと、二里乃至三里ある。何しろ皆遠いのです」

さてさて江戸の人は、よく歩いたものだ、とおもい、ところで、現代で歩く人は誰かというと、まず典型的におもいうかぶのは徒歩競争の選手です。

細川俊夫が尻をねじるようにして、のめくるように歩く全日本選手権徒歩競争に見られる、あの苦しそうな歩きぶりこそ、どうやら現代人の「歩く」という行為の象徴なのかも知れません。

だが、歩く……というきわめて素朴な行為（これは、わたしの愛するイリーンの『人間の歴史』で、「人間がついに熱帯の森林からぬけだし、ゴリラやチンパンジーやテナガザルとわかれて、自分の足で立ち、歩いたとき」……と、人間の誕生を書きあらわしてあります）が、合理的な機械にとってかわるようになってから、歴史のなかで人間はしだいにみずからの道具に主客転倒されつづけてきたのではないだろうか、と考えられるのです。

自然の尺度、神の尺度、文明の尺度、そうした尺度のいりまじる社会のなかで、わたしは人間の尺度でしかなされぬ「残された世界」、たとえばボクシング（それも、ベア・ナックル時代の方がよりいっそうですが）とか、芸術とか、野球、そしてダイスやカードのような賭博から、技術職人の腕まで、それが「人間の尺度」であるという点で、興味を持ち、また愛しもするのです。

わたしは、ネルソン・アレグレンの『黄金の腕』の主人公フランキー・マシーンの口ぐせ、「ポーカーでトランプをくばるときに知ってなきゃならんことは、それが軍隊の訓練とおなじことだってことなんだ。札まきは、教官みたいなもんさ。みんなをきちんと並ばせたり歩調をそろえて歩かせたりする役だからね。カードに文句一ついわせないようにしちまわないと、うまく気合をかけられないもんなんだ」

という言葉が大好きです。

ここには、人間がいつの間にかみずからつくった文明のなかで客体としてあつかわれだしたことへの批評があり、それに「歩く」者的な人間くささが感じられるからです。

涙ぐむジル

去年の夏からわたしの家では犬を飼いはじめました。コッカスパニェールの雑種で、名前はジルです。（ジル、というのは『私生活』という映画におけるブリジット・バルドオの役名であります）しかし、ジルといってもわたしのジルはバルドオのようにグラマーではありませんし、奔放でもありません。

観察してみると、似ている点は、せいぜい毛の色と、主体性のなさと、可愛いい奴だ、という点くらいのものかも知れません。しかし、ともかくこれはわたしの『私生活』であることにはまちがいなく、わたしはだんだん犬を飼うことに興味を覚えはじめて犬の雑誌などを買って読むようになりました。今朝、紅茶をのみながら新着の雑誌をペラペラとめくっていたら、そのなかにこんな見出しが目につきました。

「犬は自殺をするものか」

いったい、犬は自殺をするものでしょうか。

これは興味のあるところです。なぜなら、自殺する者こそ「死」という事実を知るものであり、ある種の反抗的な動物であるからです。わたしの読んだ記事では、ギリシアの俳優ポーラスの犬が、主人の火葬の際に、燃えさかる火のなかに飛びこんだ、例をはじめ、『古今著聞集』『桃蹊雑話』のなかのいくつかの犬の「自殺」の例をあげながら、「犬が自殺をしたというはっきりした証拠はいまだに探しだせない現状」だと結論づけてありました。わたしは、犬の自殺の九割が殉死、または後追い心中の形をとっていることにひどく興味をもちましたが、なにしろ、こんなに数多くの犬が、死をもってした自己表現が「証拠づけられずにいる現状」に、いたく同情したというわけです。

元来、自殺の決め手になる決定的な手がかりは遺書であります。何かに、受けいれられずに腹を立てて死ぬとき、または失恋して、相手を恨んで死ぬとき……人はたいてい遺書にその旨銘記しておいて、一つの表現として死ぬわけであり、それだけに犬の自殺ほど純粋ではありません。それにひきかえ犬の自殺は、そうした効用とは関係なくかなしくて死ぬのであり……死によって、何かの価値を回復しようと考えるものではないのです。人の自殺は、多くの場合、give and take の法則にのっとっていて、遺書には、死の代償として支払われたいものの価値が書いてありますが、犬は遺書を書かない。

ここはさらに重要な点です。

犬には言葉がないのです。

いったい、言葉がなくて思想が成立し得るものか……、これもまた興味深いところであり、表現ときりはなした、自己形成のための土台が犬の場合は、何によって習得され得るのか。これを考えてみる必要もあるようです。

すなわち、老犬のなかに、実に人格者（犬格者）を見出すことがあります。自己犠牲的で、こころやさしい老犬を見ていると、わたしは犬たちだけが信じている「死後の世界」があるのではないか……と考えないわけにはいきません。

西脇順三郎の詩の一節は、

犬はいい目をもっていたので
すべてのものが灰色に見えた

というのがありますが、色彩を知らない犬のなかでの「死後の世界」のイメージは、いったいどんな色をしているか？

それを聞いたり、話したりすることができないところに犬と人間の、永遠にかなしい関係があるのではないでしょうか？

わたしは、散歩につれていくたびにジルが電柱の根もとにおしっこをするのを見ながら「落書」をおもいうかべます。それは山小舎の板や、白樺林《しらかばばやし》の幹、六本木のレストラン「シシリア」の壁などに人間が自分の名を彫るのに似ています。そして犬のように、それが生理で統一されていないところに人間の複雑さがあるような気もしますが……、言葉というやつは、つまるところは自分の名をいうことではないか、というふうにも考えられるのです。

犬がおしっこで自分の行為を記録するように、人はさまざまの言葉で自分の名を記録しようところみる。要するに生きるということは一つの名の記録へのプロセスだ、と考えるなら、自分の名さえ、太くつよく彫りこめばそれで青年時代は終わりなのかも知れません。

人間は、一つの言葉、一つの名の記録のために、さすらいをつづけてゆく動物であり、それゆえドラマでもっとも美しいのは、人が自分の名を名乗るときではないか……、とわたしはふと考えました。

ジャン・アヌイの『ユリディス』の有名な名乗りのシーンはこういうふうに終わっています。

——さあ物語りが始まるよ

——あたし少しこわいわ……あなた、いい人？　悪い人？　お名前は？

——オルフェ、君は？

——ユリディス

髭のあとさき

スタインベルグのような漫画入りの詩集をだそうとおもってわたしは幾篇かの詩を書きためてあります。そのなかに、

肖像画に
まちがって髭《ひげ》をかいてしまったので仕方なく
髭をはやすことにした
門番をやとってしまったから
門をつくることにした
一生はすべてあべこべで
わたしのための墓穴がうまく掘れしだい
すこし位早くても死のう
と思っている

という書き出しではじまる戯詩があります。もちろん、この詩の「わたし」というのはわたし自身のことではありません。

わたしは説明的に生きることは嫌いです。

しかし、「肖像画にまちがって髭をかいてしまったので仕方なく髭をはやす」といういい方も「会社へ入ってしまったので仕方なく毎日出勤する」、「理科大学を受かってしまったので仕方なく理科を勉強する」といういい方も本質的にはまったくおなじものではありませんか？

そこで、よく考えてみるとわたしたちの一生は、じつに、この「あべこべの論理」が強く左右していて、

「母ちゃんが産んだから、仕方なく生きることになった」

という出発点からしてあべこべだったのではないか？　と考えられるのです。もちろん、いくらわたしたちがマセていても、

「俺《おれ》は生まれたいとおもったので母ちゃんに妊娠させた」

という英雄がいたとは考えられません。

そこで、この「仕方なく」という、……いわばア・プリオリ（先天的）な要素が、いつから後天的なものに逆転するか、ということが最初の問題になるわけです。

通常ホワイト・カラーといわれている多くのサラリーマンには、死ぬまでこの「仕方なく」生きつづける人があります。毎日八時間勤務して、土曜の夜はマージャンをやって、停年になったら辞めて孫子の世話になる、というのがまあ、その典型ですが……、しかしこの「あべこべ」の人たちには常に二通りあって、かならずしも、消極的な人たちばかりとはかぎらぬ、ということはあまり知られていません。

積極型「仕方なし」族、というのは、いわば「門番を雇ってしまったから門を作る」というタイプの人たちです。

つまり、つねに自分の方から状況の方に適応してゆく人たちです。こういう人たちにとっては、一つの信仰的論理が、自分のあらゆる欲望を制御するのに役立つものです。アランの幸福論ではないが、「雨が降ったら結構なおしめりで」とおもい、「日が照ったら上天気」とおもうようにすれば、なるほど人生に不満はないでしょう。

しかし、不満のない人生など、闘いのない人生など、誰がいったい我慢できるものか。

わたしは「仕方なし」族、適応派は大嫌いです。

つまり「門番を雇って」も、門をつくる前に他の方法はないか、と考えてみる……という点に着目すべきだ、とおもうのです。

するとそこには「門番は門の番をするものなり」という本質があって、それが存在に先行していることがわかります。

そこで問題は、門番の概念をかえさえすればいいのです。門番とは、ビフテキを焼くものである……、とおもえば、門をつくらなくてもすむ、ということがわかるのです。

もっとも……こうした比喩で書いているあいだは誰も自分のことは考えないかも知れません。しかし、これはすぐにも、あなた自身の問題なのです。あなたにしても、「見えない手」によって操られ、仕方なしに、概念的に生きているのではありませんか。

たとえば、まさかあなたは、「朝起きたらかならず歯を磨いて顔を洗ってからご飯を食べる……」という概念に操られてはいませんか？

「服のボタンは上から下へかけてゆく……」という概念に操られてはいませんか？

「大便のあと右手で拭くべきか、左手で拭くべきか？」考えたことがありますか？

生きること、日常のすべてを、他の人たちと同じようにしてはいませんか？

たった一度しかない人生を、一つ一つ、無意識に概念に操られているならば何んてもったいないことか。そのことを気づかぬかぎり、たぶんあなたに、自由はないでしょう。しかし、そうした疑問が生まれた瞬間から、あなたは自分自身の未来になることができるかも知れないのです。

金持ちも家出できる

「わたしも家出をしたいとおもうのですが」

「…………」

「しかし、わたしは家出できそうもないのです」

「なぜですか？」

「あなたの書いてるものを読むと、家出というのは農村の、家族制度の犠牲者の特権のようにおもわれるのですが……、わたしは都会の幸福な家庭に育ったのです」

「…………」

「それに、わたしの家はまるでテレビの『パパは何でも知っている』にでてくる家族のようにホームドラマ的で、あたたかく……、それにわたしは東京丸の内のBGなんですけれど、生活に何の不満も持っていないのです」

「それでは、どうして家出なんかしてみたい、とお考えになったのですか」

「何の不満もない生活に不満だからです」

「…………」

「といってもおわかりにならないかも知れませんが……、わたしは、すべてが充ちているいまの生活の平安がおそろしい。

何の不満もない生活にある、このいいようもない不在感のようなもの……、これは、なんていって説明したらいいのかなあ」

「恋人は？」

「います。おなじ会社の経理課の人です」

「愛していらっしゃらないのですか」

「いいえ、愛しています。……（すこしいいあらためて）わたしは、愛しているとおもっております」

「…………」

「でも、公園を散歩しても、どこへ行ってもときが経つと、けっきょくは別れて、『家』に帰ってくることになります」

「じゃあ、結婚して家をでたらどうなのですか」

「結婚？……またべつの家を持つことになるだけだわ」

「あなたは、もっといいようのないはげしい冒険にあこがれているのですね」

「いいえ、それもちがいます。わたしはただ、今のような不満のない生活に不満なだけです」

「朝早く起きて、ラジオ体操でもしてみたら如何《いかが》ですか？」

「(笑う) そんなこと」

「アメリカでは、いま中流家庭の主人が、ある日突然に家出するというのが流行《はや》っています。一つは離婚すると高い慰謝料をとられるからですが、いま一つはあなたのいう不満のない生活に不満だからです」

「…………」

「しかし、わたしは、その家出は価値あるものだとおもうのです」

「なぜでしょうか」

「地方農村の家族制度の犠牲者が家出するのは、大義名分があります。これはいわば正当防衛のようなもので、ごく当然のことなのです。

しかし、幸福な家庭から家出するのには名分がない。勇気がいります」

「わたしもそうおもいますわ」

「だからこそ、家出の必要があるのです。

あなたは家をつくったのではない。家につくられたのです。幸福だとおもっているが、それはたんに、ある日あたえられた幸福感を持続させようとおもっているにすぎない。

……しかし、今のままだと、あなたの行先は目に見えています。

事態はおそらく、あなたの予想どおりにしか進展しないでしょう。あなたはいまの彼氏と結婚するだけです。

意外なことは何一つ起こらない」

「そう」

「そして、何の可能性もないままに、家でよろめきドラマのテレビなど見ながら年老いてゆくだけです」

「でも、家出したからって、どうなります？」

「すくなくとも、予想外の可能性が生まれることだけは確かですね。海外旅行にでもでかけてみたら如何ですか？」

「…………」

「わたしは、ほんとうの変身は、むしろ幸福な家から如何《いか》に核分裂して独立してゆくか、ということにかかっているとおもっているのです。

家出はむしろあなたの義務ですよ」

「そうですね」

「おや、もうお帰りですか？」

「帰って、荷物をまとめようとおもいます」

ある日、突然に

フレール・ジャックのシャンソンでこんな物語のある歌詞を知っていますか。

「大きな穴」をテーマにしたもので、

（わたしは駅の改札員で、朝から晩まで他人の切符に小さな穴をあけてきた。その穴の数といったら何千何万あけたか数知れない。しかしどれもこれもが他人の切符の他人の穴だ。

わたしは一度でいいから「自分の穴」がほしいとおもった。

そしてあるのどかな秋の日に、わたしは死んだ。わたしのためにあけられた、はじめての穴は、他人の穴よりは少し大きかったが……。

それは墓穴だった）

というのです。

わたしはこのシャンソンをきいて、げらげら笑いましたが、しかし、笑ってばかりいられないものが現実社会にはあるはずです。なぜならここでは穴はたんなるメタフォアであって、作詞者は、機構が生みだす「人間疎外」に痛烈に抗議しているのだからです。学校をでてから一つの会社につとめて、無事故で停年まですごしてゆくということは、「自分の穴」を持つことへ怠惰になっていきがちです。一つの安定した職業を持つということは、生活の不安をなくしはしますが、しかし同時に恍惚《こうこつ》をも失くする。

ヴェルレーヌのように「選ばれてあることの恍惚と不安われにあり」というのは月並みのホワイト・カラーのサラリーマンには味わい得ない境地を指しているのではないでしょうか。

会社と自宅を毎日往復するサラリーマンは、自分が、皮カバンを持っている、ということをとくに意識することはないものです。

しかし、ある日突然に電車のなかにその皮カバンを忘れてきたとしたら、

「あっ、皮カバンがない！」

というかたちで、皮カバンの存在に気がつく。

だが、同じように、ある日突然に自分自身を失くしでもしないかぎり、自分自身の存在

に気がつく、ということはありません。

区役所のような官庁では、同僚の多くがステロタイプ化して、顔もみんなよく似ています。そしておそらく同僚たちのあいだででも、Aという一人が交通事故で死んだときに、はじめて、

「ああ、Aという奴がいたな」

とおもいだされる。しかし、おもいだされるような過去形の奴になるのは何とも不本懐なことではありませんか。

わたしは「おもいだされるような奴」になるよりは「忘れられない奴」になるべきだ、とおもっています。そして、それは何よりも、つねに自分とは誰であるか？　ということをつよく認識し得る青年だけの特権、だとおもうのです。そのためには、何か自分にだけしかできないことを発見して、自分の理由を、行為に直結させるべきでしょう。

市川昆の『満員電車』という喜劇映画に一人のニヒリストが登場しました。かれはサラリーマンですが、自分の給料が初任給一三、五〇〇円で、定期昇給すると五年後にはいくらになって……と、停年までに、自分が手にしうる金額を全部あわせて計算してみるのです。すると、自分の一生かかってもらう給料の総額は、有名映画女優が、映画に二、三本出演する出演料の額よりも安いことがわかってガクゼンとする。そして、働くのがいやに

なってニヒリストになってしまうのです。たしかに「寄らば大樹のかげ」などといっても、会社や官庁のベルト・コンベア・システムでは人間の一人の値打ちなんてほんとうに安いものです。

そこで、必然的に「ある日、突然に」という思想が生まれる。ある日、突然に……といっても、わたしはけっして銀行強盗計画などをすすめているのではありません。ある日、突然に、「自分とは誰であるか」ということに気づくことをすすめているのです。最近、アメリカでは平凡な中流家庭の夫が「ある日、突然に」家出するのが流行《はや》っていますが、中年になってからでは遅いのです。

中年になってからではせいぜいおもいたっても家出するくらいが関の山です。いまのうちに、できるだけ早く「ある日、突然に」いままでの自分の人生航路から（他人にきめられた航路から）脱線すべきです。

学校出てから十余年
いまじゃ立派な　恐妻家
飲んでかえってしめ出され
雨戸におじぎを五万回（五万節）

……となってからでは遅いのです。「ある日、突然に」おもいたったら、たとえそれが、非合法なヨット世界横断でも何でもよろしい。そのふみきった行動のなかにこそ、あなたの生甲斐と、充実感がみちみちることでしょう。

犬神憑き

迷信を信じませんか？

迷信にもなかなか痛快なものがいっぱいあります。たとえば、受験生たちの入試突破の俗信には「火葬場の煙を浴びる」、というのがあるそうです。

そのために入試シーズンには、火葬場の煙のなびく一帯の下宿屋は商売繁昌するということが、しかも不思議に合格率が高いのだそうですから、ユカイな話です。

受験生たちの表札ドロボウも迷信の一つですが、この方は表札を門からひきはがすための労力がなかなかたいへんですし、見つかるとあんまりカッコいいものではありません。

それにくらべて、火葬場の煙を浴びる方は、自分の前途を死者を焼くけむりで祝福するというだけあって、何となく悲壮感さえ感じられるものです。

わたしも、もう一度大学を受けるチャンスがあったら、これをぜひやってみたい……とおもっています。

ところで現代でもわたしたちの周辺に生きている迷信というのは、かなり多いようです。そして、「十二支によって人の性質がわかる」とか、「結婚の相性を大切にする」とか、「仏滅の日には結婚式をあげない」とか……占い、虫のしらせ、運勢判断……そして新興宗教と……迷信が、生活の紐帯になっている部分はかならずしもすくなくありません。

「迷信」なんか、と笑う人たちでもジャック・フェデェの往年の名画『外人部隊』のラスト・シーンで、主人公が旅立ったあとで、ジプシーの占い女がめくったカードがスペードのエースだったときに、

「ははあ、死ぬんだな」

とおもったことでしょう。

そして、多くの文学の不吉な場面に鴉《からす》がでてきたりすることなどは、約束ごととしてすっかり慣れてしまったようにおもわれます。ところでわたしは呪術、占い、予言といったものが大好きなのです。そして、そのために一生を棒にふった男の話などを聞くと、興味をそそられずにはおられません。

いったい迷信とは何なのか？　辞典を引いてみましょう。

「迷信」……（角川版、国語辞典）

「科学的根拠のないことがらを信ずること。あやまった信教」（昭和三十六年版）……これ

は武田祐吉、久松潜一編になるものです。このなかのはじめの部分、「科学的根拠のないことがらを信ずること」が、もし迷信だとしたら、いっさいの宗教は迷信だということになり、詩の世界や多くの哲学は「迷信」だということになります。

そうすると迷信というのも案外、捨てたもんでもないじゃないか、とおもわれてきます。

しかし、つぎに「あやまった信教」という迷信の解釈もでています。これはなかなか曲者であって「ただしい信教」は迷信ではない……と解釈することもできます。つまり「ただしい」ということは「科学的」ということになっているわけです。

それならば、善も悪も、道徳律も、すべては迷信なのではないか、とおもわれてきます。

これが、(岩波版、広辞苑) 新村出編になるとニュアンスをかえてきます。

つまり、「迷信」というのは「宗教的、科学的立場から見て、迷妄と考えられる信仰。その判定の標準は常に相対的で、通常、現代人の理性的判断から見て不合理と考えられる低級な民族諸信仰、卜占などについて言う」となっているのです。ここでは、「正しい」宗教は迷信ではないのであって「現代人の理性的判断から見て不合理と考えられる」ものが迷信だ、となっています。

後者では科学よりも良識が重要なわけです。しかし、この微妙なちがいが実はかなり重要なちがいなのであって、一つのことが迷信になったり、ならなかったりするのです。

わたしは、すべては合理化されてゆく風潮にひどくイラダチを覚えることがあります。つまり、心のなかまで科学的に区画整理されてゆき、科学だけが正義であって、他は迷妄だとされるならば、人生のにがい心の恍惚も不安もイミないものになってしまうでしょう。

そこで現代こそ迷信が重要な時代であり、人たちはおマジナイに熱中すべき時代なのではないか、とさえ考えてしまわぬわけにはいきません。そして、自分のしていることが「迷信」だと、客観的に熟知しながら、因習や悪癖と区分して迷信を愛するところに、人間回復の兆しを見出せるような気がするのです。

大将になる条件

ノーマン・メイラーが面白いことを書いています。

「南部を知っているものはだれでも、白人は黒人の性的能力を恐れていることを知っている。

一方黒人は黒人で、自分たちには妻を寝取られないようにする力がないという苦痛な痛手を背負って、憎しみをうっ積し、しかもますます強力になった。

白人は、黒人はすでに性的優越性をたのしんでいると感じているので、その上さらに学校の教室で平等になられてはたまらないとおもっている」（「ぼく自身のための広告」）性的能力が、支配的勢力をかちとるための一つの条件になるということは目に見えた事実です。

わたしが、近頃のジャズ喫茶で、チャーリー・ミンガスの「豚が呼んでるブルース」などを聴いている若者たちをみるたびに残念におもうことは、かれらの行動に体系がないということではなくて、かれらの性的能力に体系がない、ということです。

つまり、かれらは自分たちの棲むべき時代にたいして、何ら支配的勢力になり得ていません。しかし、それは本当は、あり得べからざるべきことなのではないでしょうか。

今日、わたしたちの国にあって精神的優越性を誇っているのはおもに老人たちでありますす。しかし、このことはごく当然のことであって、老人にわたしたちが期待できる唯一の領域は、精神地帯なのですから、青年たちが挑戦して敗れるのは仕方のないことかも知れません。

むしろ、問題は、今日のわたしたちの国にあって性的優越性を誇っているのも、また中年から老年へかけてだということです。

そして、このことこそ、実は驚くべき矛盾をはらんでいることといわねばなりません。

第一、青年が、中年、老年に性的隷属を強いられた歴史は、おそらく現代のわが国をおいて他にはないでしょう。たくましい内臓器官と、副腎ホルモンをもった青年が、しみだらけで小銭をもった五十男に恋人を寝取られている……、というサラリーマンの悲話をよく耳にしますが、こうしたことからして問題があるのです。

たしかに強精剤やホルモン剤の発達は、中年老年に性的ルネッサンスをまきおこしましたが、しかし、そんなものが二十代の欲望、歓喜、痙攣《けいれん》をうわまわるものでないことはもちろんです。それではいったい、どうして性的支配力は若者の手から老人たちにまきあげられてしまったのか？

そのことをわたしたちは考えてみる必要があります。

たいていの場合、現代の日本人の老人たちは、「いまや性的にも精神的にも若者を隷属させてしまった」と安心しているため、平気で、おなじ茶の間で平等にお茶を飲もうとし、戦いを忌避するからです。

そこで、テレビや映画のような代理世界での英雄はつねに、若者たちであるのに、現実社会ではなんら若者に支配的な力が生まれていない、という現象がでてくるのです。

本来ならば、中年、老年の夫たちは、自分の若妻や二号さんたちが、つねに若者に寝取られる恐怖におびえるあまり、さらにいっそう反動的な若者狩りをはじめるべきはずであったのです。しかし、現実的には、まったくそんな気配は消え去りました。

日本のジャズメンたちの肺活量も、まだ老人たちを畏怖させるほどのものではありませんし、重量級ボクサーの筋肉美も老人たちのむかしの自慢話をうわまわるものではありません。

それに何より、かれらの性にたいする哲学は、こぢんまりとまとまっていすぎるようです。

わたしは、世代を階級として考えようとしているのでもなければ、若者ばかりのユートピアなどという灰をつかむようなたわごとをいっているのでもありません。ただこうした性的主導権くらいは、自分たちが誇り得る唯一の憲章なのだと、知っていないかぎり、若者の主体的な自己形成はできないだろうし、せっかく過渡期にさしかかった道徳を、またもとの墓場へつきもどしてしまうことになるのではないか、と警告しているのです。

性的主導権の回復！　それのみが、若者の優越性をもちうるグラウンドであり、老人たちを脅かす力になるのだ、ということを知ってください。イブ・ロベールの映画『わんぱく戦争』に子どもたちのつぎのような会話があります。

「だれが大将になるんだ？」

「チンポコのいちばん大きいやつがなるのさ！」

自由だ、助けてくれ

我慢するのはもう飽きた。

何もかも思い通りにしてみようと思う。そしてそれがたとえ、「自由」の名のもとになされる地獄めぐりにすぎないとしても、それはそれでもいいではありませんか。

まずは帽子をきちんと被り、ネクタイで首をしめつけてゆっくりと夢のエレベーターに乗りたまえ。

約束の食堂でカツ丼を食べていると、Jがやって来ました。Jもすわるなりカツ丼を注文しました。ぼくは元気よく早口に言いました。

「実はね、きょうおふくろを殺してきたんだよ」

Jは黙ってカツ丼のカツのコロモの味をかみしめていました。「アパートの押し入れに死体を押しこめてきたんだがね。おかげできょうは、ゆっくり遊んでいられるよ」

するとJは、先輩面をして、

「俺なんざ、先週おやじとおふくろとを両方とも始末しちまったよ。あんまり説教くさいことをいいやがるからね。電気アイロンで脳天に一撃くわしてやったのさ！」

それから二人は顔を見あわせて笑いながらカツ丼を頬ばりました。天気も上々だったし、

「自由」も一つは手に入りました。少なくとも、きょうからは何時まで外出していても文句をいう奴はいないはずです。

「おい、飯を食ったらどっかへ行こうか？」

とぼくはJに言いました。

（そのときに、ぼくはJにある親しさ、ともに親殺し同士の親近感のようなものさえもっていたのですが）しかし、Jはカツ丼のカツを食い終わったあとの米飯に茶をかけながらジロリとぼくを見上げました。

「ほっといてくれよ」

とJは言いました。「俺には構わないでくれ」

「なぜだい？」

とぼくが訊くとJは答えました。

「親しくなるのはまっぴらだよ。

親しくなると、必ずお互いに不自由になるからなあ」

親を殺して得た自由が、他の連帯をもはばむような小さなフレームしか持たない場合にはJのように孤独になるしかないのでしょうか。Jはいつでも植木等の歌を愛唱しているが、それはこんな詩です。

帰りに買った　福神漬で
ひとりさみしく　冷飯食えば
古い虫歯がまた痛み出す
これが男の生きる道
（わびしいなア）

＊

Jは憂鬱かもしれませんが、ぼくの方はきわめて上機嫌です。たとえば、ぼくは「自由である」と思いはじめてから、自分の可能性がぐんと拡められたような気がするようになりました。ぼくは自分のアパートを引きはらい、少しばかりの持ち物（本箱や下着類）を屑屋に売っ払ってしまったとたんに、ひどく金持ちになったような気がしたのです。つまり「何も持っていないから何でも持っている」という訳でしょうか。

ぼくの棲家は「東京」そのものです。これは今までの一アパートよりもはるかに間取りが多くてゆたかです。レコードが訊きたいときにも、今までなら、手持ちのたった二枚しかないマル・ワルドロンとエリック・ドルフィをすり切れるまで訊くしかなかったのが、今度からは街のレコード屋が全部ぼくのレコード室に早代わりできるのです。いつでも試聴室でモンクだのチャーリー・ミンガスだのを訊いてしかもタダです。

自分の財産を眺めたいと思ったらばデパートへゆきます。デパートへ行けば何でもあります。そこでぼくは自分の持ち物の多さについて誇らしく（まるで、ソロモン大王のような気分で）点検を行ないます。

もしも使いたいものがあったら、その場ですぐ使えます。

食品売場からパンをもってきて、電気製品の売場のトースターでそれを焼いて食べます。そして「自分だけのもの」と「自由」との意味的な函数関係について考察するのです。（もちろん、ぼくはただ気分の問題としての自由について考えているのではない。すべてのことが許されているのですから）

Ｊは一つの高等数学理念を持っています。それは小児の昆虫採集マニア的な暗黒感覚につらぬかれたものです。

たとえばＪは暇にまかせてピアノを弾く。そして自分が弾くラフマニノフのピアノ・コンチェルトは本邦随一だと思っています。しかし、実際に批評家たちはＪよりもはるかに巧い演奏者としてのＡＢＣＤ……たちを挙げて、Ｊの演奏は下手糞だときめつけているのです。

そこでＪはどうするべきでしょうか？

（彼は、随一という言葉が好きなのです）

彼は自分が、ピアニストのＡやＢを追い抜くほどの修練をつむよりも、ＡやＢをこの世から抹殺してしまえばよいと考えます。

本邦中のありとあらゆるピアニストを全部殺害して、随一になることを考えるのは容易なことです。彼は自分の背広が本邦随一でありたいために、ありとあらゆる背広狩りを行ないます。自分の邸宅が本邦随一でありたいために、ありとあらゆる邸宅壊しを行ないます。

そして無人島のようになった世界にたった一人で生き残って、随一という名の「自由」に酔いしれる。

しかし、「自由」という言葉と「明日」という言葉は似ているのであって、それが現在形で手に入ったと思われるのは錯覚か死を意味するのです。

だからJにはいつでも現実感がありません。

＊

ぼくは自分の自由をためしてみたいと考えます。たとえば、してはいけないこと。いってはいけないこと、が実際にどれだけあるのかについて考えてみます。

禁句というのは医学的な問題ではないか。

といったのは大学生のKでした。

「つまりだな、何かをいえない……というのは、そのいえないことばが、発声学的にむずかしすぎて、咽喉《のど》や舌をどう動かしても音にならない場合に限られている」

それに反対したのは慢性胃潰瘍《いかいよう》のMでした。Mは洟《はな》のつまったような声で言いました。

「きみには社会的知覚がない！」

「禁句なんてのを、医学的な問題ではないと考えるきみは、自分が社会的に不自由だということを認めてるようなもんじゃないか！」

「そんならきみは、いいやすい言葉なら何でもいえるか？」

「何でもいえる！」

ということになってKとMは銀座四丁目に出かけて行き、Kは三愛のドリームセンターのスカイ・ルームから銀座中にひびくような大声で「おまんこ、おまんこ！」と絶叫してみました。その声量のゆたかさは、ほとんどデル・モナコのように音楽的でさえあったが、Mはぶるぶるとふるえ出して「やめてくれ！　やめてくれ！」

と懇願したということです。

（もちろん、通行人は、そのうたい上げるような調子が、陰気な性用語であるなどとは思いもかけなかったので、また三愛の新製品の婦人服の品名ぐらいにしか考えなかったという話でありましたが）

そのKとぼくとは「自由」について違った考え方を持っていました。なぜなら、Kの考えでは「自由」というのは科学的な問題でしかないからです。

ぼくは、丹下左膳という男は、かなり「自由」であったと考えています。彼は素浪人でありながら、ものの所有について一見識を持っていたし、第一、社会と見張りあう関係をもっていなかったから、何の束縛もされていなかったのです。そのくせ肉体的に多少の不自由を持っていました。

不自由を知るものでないと、自由は語れません。丹下左膳こそは、個人的（肉体的）不自由を、社会的自由の獲得によって克服したから偉大な自由人なのだ！　とぼくがいうとKは笑ってこういうのでした。

「女の子も両手で抱けない者が、何で自由なんですかね！」

＊

エーリッヒ・フロムは「自由は心理学的問題か？」とぼくたちに疑問符を投げかけてます。逃避の本能との戦いなしに自由を語れないというわけです。

実際逃げこみたがる奴が多い世の中になった、とぼくも考えます。

地下鉄の中で、隣の男に「きょうは晴れると思いますか？」と訊くと、その男は空も見えないのに窓外をちょっと気にしてみるふりをしてから「天気予報では、晴れるといっていましたよ」と答えました。（つまり、ラジオの天気予報のインスタント回答の中に自分の答えを逃げてすませやがったのだ）

ぼくはその男の意見を訊いたので、ラジオのことを訊いたのではありません。腹が立ったので蝙蝠傘《こうもりがさ》でその男を刺し殺してやりました。
だいたい、競馬場で予想屋の意見を訊くような男たちも、ことごとくみな逃避者です。(どの予想屋をえらぶか？　という小さい自由をたのしむためだとしても、批判的思考の自由のフレームがせますぎます)
「セントライト記念競馬はアイテーオーかグレートヨルカか？　いや、もしかするとペルソーナあたりが来るかもしれない」と迷って予想屋のまわりに、うらなりのキュウリみたいな顔で不安そうに集まってくる連中を見ていると、スタンリー・カブリックの『現金に体を張れ』のギャングばりに機関銃で、ダ・ダダダ……と一斉射撃したくなります。自由とは、予想屋殺しの思想でもあるのですから。

「きみは逃避の思考を軽蔑するといいながら、自分の文章に他人のことばを引用するのはどういうわけかね？

きみもまた判断保留の腰抜け主義者じゃないのかね？」

というのがKの意見です。

ぼくは考えます。「ほんとうに人は生きるために自由だけを求めているものだろうか？」

＊

「自由」がつねに主体的に生きることを意味するのならば、人間は多かれ少なかれ、自分の存在が歴史の中で客体的な存在であるということを認めないわけにはいかないでしょう。たとえば、マキャヴェリのような策謀家でさえも、自己の肉体的条件に対しては、客体的な存在でしかなかったのです。

むかしから「健全な精神が健全な肉体を作る」という諺《ことわざ》はなかったし、十仁病院へ通ってくる不美人たちからも、精神的な公約数は算出され難かったものです。

しかし、「健全な肉体に健全な精神が宿る」という諺の方は厳然として存在していたので、もしも「自由」ということが心理学的な問題だとしたら、十仁病院や和田静郎「テレビと共にやせましょう」教室なども、人間の自由を宿らせるための一役を買っていたのかもしれない、ということができます。

ぼくの出た学校は、必修課目というのがなくて、すべて自由選択の建前をとっていました。だから、ぼくの選択した「世界飛行術」や「嘘史」や「マンガ研究」「親子論争資料」「競馬の形而上学」といった課目は、他の学校の同年輩たちの生徒のやった「地学」「国語」「微分」などというのとは全く違っていたのです。

その上、ぼくたちは教師研究会というのを作っていて、授業中の教師の「説得力」「指導力」「煽動の技術」などについての反応記録をとっていたので、教師側がいつも不快をあからさまに示してぼくたちと対立し、ぼくたちは自信のない教師は要らぬ、としてすでに何人かを殺してしまっていました。

日本では初代パンパン・ガールの吉原のおときさん以来、今日、新宿花園町で通りすがりのぼくに声をかけた桃ちゃんに至るまで、すべての商売女の口にする「自由になる」という言葉は「……から脱出する」というような意味をあらわしています。

××から自由になりたい。というのは、サラリーマンたちにさえ共通して「今の仕事をやめて自由になりたい」

というような意味をあらわしているのです。

しかし「自由」というのは、そんなカッコいいものばかりを指すのではありません。「××から逃がれる」というのは、原点に立ち戻る……ということであって、要するに振り出しに戻るだけのことにすぎないのです。

それに引き替え、「自由」というのは、原点より上軸座標にあるもので、「どっちを選ぶか迷う権利」と、「意のままに生理的に行動できる」権利とをあわせ持っているのです。「××する自由」ということばからは、少なくとも、いままでの「自由観」を変えるべき意味をさぐり出さなければならないでしょう。

ところで、ぼくはジルという犬を飼っています。（ジルはブリジット・バルドオの映画中の役名である）このジルは、ふだんは鎖につながれているために行動半径が限られていて、ほとんど、どこへも行くことができません。ただ、鎖の外へあこがれている一心であるが、「それでは」と思い直して鎖を放してやっても、決して海外旅行にも行かないし、遠出もしない。ただ、鎖でつながれていたときより、ほんの少しだけエネルギッシュに同じ場所を駆けまわってみせるだけです。

はじめ、ぼくはジルのことをやや低能なのではないかなどと考えたりもしたが、結局は体制順応型の貞淑な犬であることがわかってがっかりしました。そして、(日本の青年の高みまでうちのジルを引き上げてくらべるのは気がひけるので、青年たちをジルの低さまで引き下ろして比較してみて) 青年たちの「自由」観も、ジルのそれとほとんどよく似すぎていて、何ら新しいヴィジョンなど持っていないということを感じるや、さらにいっそうの失望をすることになりました。

近頃の青年たちは全く「自由」とは関わりあいをもちません。そのへんに、この一、二年間の状況の停滞があるようです。

＊

寝るためにやってきた女子大生のYが、窓際に腰を下ろしてこんなことを言いました。

「都電に乗ろうとしたら、舗道で一人の男の子が労働者に殴られて血だらけになって助けてくれって叫んでるのよ」

フーン！ といいながら、ぼくはベッドの中で裸で珈琲をのんでいました。

「だれも見てみぬふりをしていたし、あたしも知らんふりをして都電に乗ってここへ来たの」

アンナ・カリーナによく似たYは、窓際から立ってカーテンを閉めて、上着から順番に脱ぎはじめました。「だって、関わりあっていると、時間が損しちゃうんですものね。……（とシミーズを脱ぎながら）死ぬ人はどうせ死ぬのよ。……被害をこうむっている人たちにいちいち責任を持って生きていこうとしたら、こっちにいくら体があってもたまったもんじゃないわ」

そして裸になって、ぼくの傍らに転がりこんで来ました。「助けてくれ？　って声は日に二、三度くらいは、必ずどこからか聞こえてくるわ！　でも、そのうちのどれを選んで助けてやるかを選ぶくらいの権利はあると思うの。

それが自由というものなんだわ」

ぼくはそのYの肌のあたたかみを手でたしかめながら、「ぼくの助けてくれ、っていってる声きこえてるかい？」

と訊きました。

Yは答えました。

「聞こえるから、きょうもこうしてやってきたのよ。

これが愛っていうものなんだわ」

だが、ぼくは情事のあとでYの寝顔があまりにも安堵感にあふれているのが気にくわなかったのでYをも殺してしまいました。これで今月に入って十一人目！

悪党！　不良！　泥棒！　与太者！

あれは律儀なおとなたち
こども狩りに集まったのだ

こどもは言った　もう家はいやだ　しつけはいやだ
すると看守は鍵束でこどもの歯をへし折った
それからセメントの上に寝かしつけた。
（ジャック・プレヴェール）

大人とこどもの間の「自由」争奪の戦いばかりではありません。地上は限りない戦いのために見えない血であふれています。
そして、職業で、趣味で、貧富で、知能で、人たちはお互いに差別しあいながら、ますます息ぐるしい壁を作りあげつつあるのです。

こんなときに、反時代的に自分の「自由」を作りあげることにはいったいどんな意味があるのか、ぼくには、はっきりと知ることはできません。

ただ、たしかなことは自分の未来が自分の肉体の中にしかない、ということであり、世界史は自分の血管を潜り抜けるときにはじめてはっきりとした意味を持つものだ、ということです。

自由というのは、もはや、不自由の反対語ではないのです。

あとがき

この本の初版を出したとき、私は二十七歳になったばかりだった。

新聞に連載した原稿をまとめて「家出のすすめ」としたところ、担当の編集者が、それではあまりにも挑発的だからといって、「現代の青春論」と改題した。しかし、読者からは「家出のすすめを読みました」とか「家出のすすめの出版社を紹介して下さい」と問いあわせてくるので、私たちはこの本のことを、やっぱり「家出のすすめ」と呼んでいたのである。

この本を出したあと、私はにわかに家出に関する仕事が多くなった。家出人の訪問がふえ、彼らが私の家に住みつき、そして「家出」は言語のレベルから、実践のレベルへと移っていった。私はひきつづいてドキュメンタリー家出という本を編集したが、その目次は、戦後歌謡曲にみられる家出の歴史、家出少女と父との往復書簡、家出人による座談会、実用的家出案内、(東京地図、運勢判断、仕事の見つけ方と安い食堂案内、乗りもの一覧)、家出実践者の手記といったものであった。

家出します　かあちゃん　五千円ください　お金もうけて、先生の鼻あかしてやるんです

おまえは、おまえって子は、まあなんて親孝行娘なんだろうねえ。

「五千円を巾着からだし、黄色くなった半紙をたたんでわたした」じゃあ、おまえ、気をつけるんだよ。おまえは、どっちかっていうと母親に似て、男泣かせなんだからね。

かあちゃん、心配だよ。

でも、かあちゃん、あたし、だいじょうぶ。だって、では、もってくもん。

そうかい。じゃあ、いっといで。いいかも、ひっかけてくるんだよ。

うん、じゃあ、かあちゃん、いえでしまあす。

ふん、あの娘もだわさ。にぎり飯の中に、○○○○がはいっているのもしらずに。

かあちゃん、更年期障害がおこってきたらしい。あたしが、チュウの中に、○○○○入れてきたともしらずに。

（はかったなー、こんちきしょう）
やっぱし毒味させて、よかった。
（このあま、おぼえてやがれ。ウーっ）
やっぱ、試食はやるべきだよ。

そもそも家出とは、かあちゃんとの闘争、なのですっ。

この怖るべき詩は、千葉の高校生北川美代子さんの書いたものである。私たちは「家出研究会」を通じて、母子関係や鎖村、封建故郷だけではなく家の背後にある柳田国男の世界をも汽車で通り抜け、民間伝承の謡や詩を媒介として、私たち自身の血の検証をこころみてきた。この文庫本を出すにあたって、再びこれらのエッセーが、人生以前の諸君の叩き台になることを期待し、脱出の水先案内人として役立つことを切望する。

編集担当の菅谷美智子さん、ありがとうございました。また、家出に関する仕事にいつも協力してくれた松永伍一氏、ドキュメンタリー家出の共編者鵜飼正英君、及び、家出した全国数千人の友人たちに、この本を献じたいと思います。

著者

解説

私は生まれてこのかた、日記を書いたことが一度しかない。一九六二から三年にかけての約半年間である。どのようなわけで、とりわけこの時期にそのような日常の記録をノートに付けていたのかは、我ながら今もって判らない。

判っていることは、この半年の間、私が毎日のように寺山修司と会っていたという事実である。こころみに、この日記の最初の方(五月—七月)を抜粋するならば——

五月三十一日(一九六二年)

第三回サロン・ド・Tを新宿「汀」の地下にて開催。出席者、大島辰雄、寺山修司ほか五十名。

六月一日

ブレッソンの『すり』を寺山と観る。この映画は二度目。ブレッソンについては再検討の要あり。終わって新宿ミュージック・ホールにてストリップを観る。観客席後方で、寺山と「客は何を求めてストリップを見に来るか?」を話し合う。彼はテアトルS・Sのストリップが面白いというが、はたして期待できるか?

六月七日
寺山と東横ホールの文楽を観る。題名さえもはや記憶にないほどのつまらなさ。喫茶店で彼と「日本芸能の様式化」について議論。
六月九日
文学座アトリエ公演、オルビー作『動物園物語』を観る。隣の席の寺山は、「これは荒川哲生の演出では最高のもの」と囁いたが、ぼくはそれにはむしろ批判的で、「この芝居が面白いのは作者の優れたドラマツルギーのため」と答える。
六月十三日
石丸寛宅で寺山と共にミュージカルスの企画を話し合う。
六月十七日
寺山宅で彼のラジオ・ドラマを十本ばかり、それらのハイライトだけを選んで聴く。『フットボーロジイ』は秀逸。彼はヴィジュアルな作家ではなく、オーディティヴな作家ではないのか？
六月二十二日
コクトーの『オルフェの遺言』を観た後、寺山とＴＢＳスタジオで、雪村いずみのリハーサルを見学。平和なリハーサル。
六月二十三日

マルグリット・デュラスより手紙がくる。『セーヌ・エ・オワーズの陸橋』の長所と短所を指摘してくれ、との内容。寺山は、デュラスの筆跡をのぞき込み、「まるで男の字だ！」という。彼に外国人の手書き書体の男女別が分かるか如何かは甚だ疑問。

七月二日

NETの録音構成『埋蔵金を追って』の取材撮影のため、寺山と同乗し赤城山に向かう。十二時、渋川の山田旅館到着。ただちにスタッフ会議。

寺山修司が本書を書いていたのは、実はこの時期なのである。日記を見ても分かるように、当時私は、きわめて精力的に寺山と共に映画・演劇を観ている。観ては議論し、議論しては書き、食べ、そしてまた観る。そんな毎日であった。しかし、思い返してみるなら、われわれの議論は、つまるところ常に一つの問題の周辺に撞着したものだ。その問題とは、要するに「家は出るべきものか否か？」という一点であった。

「人は家出をすべきである」というのが寺山ならば、私の方は「家とはそこから出たり入ったりすべきものではないのではないか」という立場である。このような対立の背後には、実はわれわれなりの体験主義が介在していたのだが、周知の通り当時の、寺山は青森から文字通り家出をして来た青年であり、私の方はといえば、戦災で家そのものが消失し、ほどなく両親も死んだせいで、気がついた時は「出るべき家」などは影も形も存在しなかったという事情があった。そして、このような観念上の相異はさておき、当時の私は、和泉町にあった寺山の「成ったばかりの家」（寺山は結婚直後だった）で毎夜のように夫人の心尽しの馳走にあずかっていたものであった。

　さて、寺山修司は、少なくとも「家」というものに関しては、当時から今日に至るまで、変わらず一つの線上を歩みつづけている。このただ一筋にあららけく引かれた線を、私はいったいどのように名付けたらよいであろう。石川啄木は「故郷という言葉には甘美な魔力がひそんでいる」と記しているが、故郷がそなえた猛烈な魔力に憑かれると同時にその魔力から絶えず心身の栄養を補給するという意味でいえば、寺山修司はやはり一人の故郷主義者であると考えられるのである。故郷とは、もと古里であり、また経《ふ》る里でもあった。故郷とは、単にそこで出生したということだけを意味するのではない。それは、その地点からは今や時間的にも空間的にも距っているということをも合わせ意味している。犀星の「ふるさとは遠きにありて想ふもの　そしてかなしく歌ふもの　かへるところにあるまじや」という詩句を想い出すまでもなく、この事情は明らかである。本書の中で、寺山は右の詩を引用したのちこう語っている。

「わたしは少年時代から家出にあこがれていました。そして、いまでも空にひぐらしの声が啼きかわすのを聞くたびに、『遠きみやこ』をあこがれて血を沸《わか》していた『自分の時代』に帰ってゆくおもいがします」

このように「遠きみやこ」に憧れた寺山が、ひとたび上京し、功成り名を遂げた後にふたたび青森に回帰するという想像は、私にとってなかなか楽しい。彼は「ふるさとの山に向ひて言ふことなし」と謳《うた》った啄木のように、列車の窓に幼な馴染《なじ》みの風景が映るようになると、日頃の饒舌《じょうぜつ》を少しずつ喪失してゆき、故郷の敷居を一歩またいだ瞬間から、完全な沈黙に入る――このような想像は愉しくはあるが、しかし少なくとも寺山の場合には当てはまらないであろう。なぜなら彼は単なる故郷離脱者ではなく、故郷主義者であるからである。故郷主義者とは、犀星や啄木が故郷を甘美に悲愴《ひそう》に歌いあげるのとは違って、故郷からの離脱そのものを己《おのれ》の思想の糧《かて》とする。彼が語る「家」とは、すなわちこのような遠去かるべきものとしての故郷の象徴的表現に他ならない。

したがって、私が寺山修司を終始変わらず故郷主義者であったと断定する時、そこには逆説的ニュアンスがこめられていることを読者はくみ取っていただきたい。故郷離脱を思想の糧とするには、故郷である「家」そのものがまず「悪しきもの」として措定されねばならないのであり、それは彼の作品に多く登場する桎梏としての「母」のごとく、息子の成長をとどめんとする存在である。ここに、故郷から追われながら、なおも故郷を「良きものであり、善きものである」と考える啄木との根本的差異がある。

本書の第一章「家出のすすめ」は、そのような故郷主義者寺山修司の、いわば体験に基づいた家出の手引きである。この章が、本書の中で最も躍動して私に感じられるのは、家出こそ日本の農村に住む青年の未来であるとする彼の論旨が、際立って明快であり（だからこそかつての私はこの点を議論の焦点とした）、説得的であるからである。とりわけ、家は在るものでなく成るものであるという主張は、昔ながらの家体制に縛られた青年には、強く心の拠り所となったかも知れない。

だが、農村の次男坊が、ふらりと上京していったい何ができるのか。ただでさえ人口に充満した大都会に、そのような無賃乗車の青年や少年を収容する場があるのかどうか。この解答を寺山は第二章以下に記している。すなわち、「悪徳」「反俗」「自立」という三つのすすめがそれである。この三章は、つまるところ「サド情話」の末尾に書かれた「一つのことを信ずることが、他を裏切ることだろうということを知らずに、誰が悪について語ることができるものか」という一文に集約できよう。彼は無数の悪と無数の裏切りを、少なくとも作品の上では過去も現在も書きつづける。が、一つの悪や裏切りを創造するたびに、その分だけ背後では彼の信念がより強固に固められているといえないだろうか。何のための信念か。いうまでもなく、勝負の場としての俗世間における勝利の信念である。

寺山の家出勧誘のせいでもあるまいが、かくして八年、現在の農村は家出した息子や夫のために、過疎化という社会問題を抱えるに至った。しかし、そのような社会学以前の問題として、寺山が本書で述べた事柄は、将来の日本においても未だ効力を失わないであろう。なぜなら、日本の青少年の「離乳」の必要性は、経済社会の発展と共に今後の問題としても強く立ちはだかっているからである。

竹内 健

本書中には、今日の人権擁護の見地に照らして、不当・不適切と思われる語句や表現がありますが、作品発表時の時代的背景を考え合わせ、著作権継承者の了解を得た上で、一部を編集部の責任において改めるにとどめました。

家出《いえで》のすすめ

寺山修司《てらやましゅうじ》

昭和47年 3月25日　初版発行
平成17年 1月25日　改版初版発行
令和7年 11月10日　改版18版発行

発行者●山下直久

発行●株式会社KADOKAWA
〒102-8177　東京都千代田区富士見2-13-3
電話　0570-002-301（ナビダイヤル）

角川文庫 13646

印刷所●株式会社KADOKAWA
製本所●株式会社KADOKAWA

表紙画●和田三造

ISBN978-4-04-131523-1　C0195

角川文庫発刊に際して

角川源義

第二次世界大戦の敗北は、軍事力の敗北であった以上に、私たちの若い文化力の敗退であった。私たちの文化が戦争に対して如何に無力であり、単なるあだ花に過ぎなかったかを、私たちは身を以て体験し痛感した。西洋近代文化の摂取にとって、明治以後八十年の歳月は決して短かすぎたとは言えない。にもかかわらず、近代文化の伝統を確立し、自由な批判と柔軟な良識に富む文化層として自らを形成することに私たちは失敗して来た。そしてこれは、各層への文化の普及滲透を任務とする出版人の責任でもあった。

一九四五年以来、私たちは再び振出しに戻り、第一歩から踏み出すことを余儀なくされた。これは大きな不幸ではあるが、反面、これまでの混沌・未熟・歪曲の中にあった我が国の文化に秩序と確たる基礎を齎らすためには絶好の機会でもある。角川書店は、このような祖国の文化的危機にあたり、微力をも顧みず再建の礎石たるべき抱負と決意とをもって出発したが、ここに創立以来の念願を果すべく角川文庫を発刊する。これまで刊行されたあらゆる全集叢書文庫類の長所と短所とを検討し、古今東西の不朽の典籍を、良心的編集のもとに、廉価に、そして書架にふさわしい美本として、多くのひとびとに提供しようとする。しかし私たちは徒らに百科全書的な知識のジレッタントを作ることを目的とせず、あくまで祖国の文化に秩序と再建への道を示し、この文庫を角川書店の栄ある事業として、今後永久に継続発展せしめ、学芸と教養との殿堂として大成せんことを期したい。多くの読書子の愛情ある忠言と支持とによって、この希望と抱負とを完遂せしめられんことを願う。

一九四九年五月三日